炉边独语

欧阳予倩散文精选

欧阳予倩　著

泰山出版社·济南·

图书在版编目（CIP）数据

欧阳予倩散文精选 / 欧阳予倩著. -- 济南：泰山出版社，2023.11

（炉边独语）

ISBN 978-7-5519-0793-4

Ⅰ.①欧… Ⅱ.①欧… Ⅲ.①散文集－中国－现代 Ⅳ.① I266

中国国家版本馆CIP数据核字（2023）第094799号

LUBIAN DUYU　OUYANGYUQIAN SANWEN JINGXUAN

炉边独语：欧阳予倩散文精选

责任编辑　池　骋
装帧设计　路渊源

出版发行　泰山出版社
　　社　　址　济南市泺源大街2号　邮编　250014
　　电　话　综 合 部（0531）82023579　82022566
　　　　　　出版业务部（0531）82025510　82020455
　　网　　址　www.tscbs.com
　　电子信箱　tscbs@sohu.com
印　　刷　山东通达印刷有限公司
成品尺寸　150 mm×230 mm　16开
印　　张　13.5
字　　数　163千字
版　　次　2023年11月第1版
印　　次　2023年11月第1次印刷
标准书号　ISBN 978-7-5519-0793-4
定　　价　39.00元

凡　例

一、本书收录了作者的散文经典文章或片段节选，主要展现了作者的学术历程、情感操守，以及当时的时代风貌等。

二、将所选文章改为简体横排，以适应当代的阅读习惯。所选文章尽量依照原作，以保持文章的时代韵味，部分内容参照当下最新的整理成果进行了适当修改。

三、所选文章没有标题或者标题重复的，编辑时另行拟加或改拟。

四、对有些当时惯用的文字，如"的""地""得""作""做""哪""那""吧""罢""化钱""记帐"等，仍多遵照旧用。

目录

自我演戏以来

这篇文字是我前半生的自传，也就是我的忏悔。空在戏剧界混了许多年，毫无贡献，只剩下些断纨零绮的记忆，何等惭愧！追思既往，悲从中来，极目修途，心热如火！今后的记录当不至这样空虚吧！

我小时候因为家里管得严，所以出外看戏的时候非常之少。祖母五十岁的那年，家里演过一次堂会，那时我不过十岁，看着红花脸杀出，黑花脸杀进，实在是丝毫莫名其妙。以后亲戚家里又演堂会，有一个从湖北回来的佣人领我去看——他是个戏迷，一天到晚地唱着，又时常和我说些唱戏的话——他指着台上演梅龙镇的花旦对我说："叫他回来当老妈儿领你玩儿吧。"我听了他的话，注视那花旦，觉得非常欢喜他。还记得那天晚上，又换了另一个班子，我就去看他们扮装，有两个人在那里画花脸，引起了我无限的兴趣——我看对面的一个，用粉涂在脸上，再拿着墨笔一线一线地勾勒，我觉得浑身紧拢来，立刻起了一种莫名其妙的冲动，又觉得好玩，又觉得难过。一会儿被一个小孩子拉我去玩鞭炮，我便似从噩梦中逃出一般。从此以后，我觉着唱戏实在好玩，不是口里乱哼，就是舞刀弄杖地乱跳。有时就学着画花脸，我母亲本来会画，我就拿她老人家的颜色，大涂而特涂，弄得满桌满镜台乌七八糟，自不用说；床上的毯子扯来做道袍，窗帘拿下来当头巾，鸡毛帚、帐竹竿无一不被应用。母亲的卧房就是后台，表演的地方却没有一定：有时在厅堂，有时在床上，有时便游行各处。可是表演尽管十分尽力，观客如厨子老妈之类都带几分厌恶。本来表演的功夫不甚纯熟，秩序也不甚妥当，弄坏器皿、打翻桌椅，却是常事，也怪不得他们喝倒彩：他们有时急了，就叫我母亲。母亲从来难得为这些事打我，骂几句也就完了。可是有一次，我和妹妹、弟弟、表妹一齐玩，给他们都画了花脸，做大规模的游行。谁知胭脂用多了再也洗不脱，他们玩得高兴的时候，丝毫不觉得，后来被母亲看见，骂着替他们洗，一个个花脸洗不干净，他们都哭起来，我便挨了一顿打。以后这类的事情不一而足。我年纪渐渐地长大，便学着玩些音乐。有个剃头匠会拉胡琴，被我吵不过送了我一把二弦，学余之暇，时常拿来消遣。有一天我向先生告假出恭，带了胡琴为伴，演奏起来，竟把恭务忘了。先君偶从学堂经过，不闻书声，四面一找，却听见咿咿呀呀的琴声从厕中发出。这一次我可吃了亏，被罚三天不放学，胡琴便始终没有学好。

　　有一次，母亲回外婆家去了，我和妹妹都闷得很，就把堂房的姑姑请过来一同玩。我第一个发起要唱戏，编演当然都是我一手担任。我穿上妹妹的衣服，戴上母亲的勒子，头上盖起红窗帘装新娘，妹妹装新娘的母亲，姑姑装新郎，我们从出嫁起一直演到拜天地吃酒席为止，时间费了一下午。我还记得别母上轿一节的唱词："……拜天拜地拜神灵，但愿母亲多长寿。母亲福寿又康宁。……"原来我们那里盛行一种影子戏，小孩子常常爱看，这些唱调都是从影子戏模仿来的。从出嫁起到拜天地止，我们都按着派定的角色扮演，一到请酒的时候，我们大家全变了客，将柜子里的干点心，厨房里剩下的冷菜冷饭，全给搬运到一张小桌子上。姑姑说饭不宜吃冷的，我说热饭不像戏。又因为用真的竹筷子不觉得有趣，就从香炉里拔了一把香棒儿当筷子。舞台装置呢，有的是敬神的蜡烛，弄来点几对，尤其是找着了一个可以钉在墙上的烛插最感兴趣。

天黑了姑姑要回去了，我和妹妹手捧着蜡烛送姑姑，口里吹着哨喇，在天井的四围绕行一周，作为是走了几十里，然后才到了隔壁，一出大戏就此结束。我做小孩子的时候演的戏，以这出为最得意，最有精彩，这比平日和许多小孩子演操兵，演拿贼好玩得多。自从这出戏演过以后，我的兴味忽然引到武术上去。盘杠子打枪，就把演戏的玩意搁了。

我从十二岁到十四岁专门做应试的功夫，经义策论之类，勉强通顺，就去赶考。另外请先生在家里学些英文。科举既废，我便随着先大父到了北京进学堂，不到一年，就转学到长沙明德中学，读了一学期，就跑到日本进了成城中学校。

我在北京的时候，看过谭鑫培的戏，不懂。可是已经能看文戏——杨小朵演《翠屏山》之类的戏，很欢喜看。但听二黄不如爱听梆子。那时候因为要念书，很少走到戏馆里去，看的戏自然很少。尽管住在北京将近一年，连哼哼都不会，可是偶然学两句杨小朵的说白，颇为侪辈所惊叹，我自己也觉得我的嗓音比戏台上的花旦好得多。

那时候我和一个同乡的少年C君同就曾宗巩先生学英文，那个少年比我大，文辞富赡，诗和小说，他读得颇为不少。我从他那里才微微领略到所谓张生崔莺莺、宝玉林黛玉之流的性格。他常常对月吟诗，大约都是些含愁难诉的意思。我还记得有"惟有寒鸦稍识音"之句，那时我不甚能懂：他往往说对着月亮想哭，听见风声或是歌唱的声音，就不禁长叹，他以为这样才能领略诗味。他曾经在下课时候，拿红墨水搽在嘴唇上，教我做眉眼。"做眉眼"三个字，我是头一回听见，我因为完全不懂，所以不理他，他看见我太麻木也觉得奇怪，但是我也多少受他一些暗示。有一晚，我叫人替我去买了一部《西厢》，翻开来不甚懂。我因为想揣摩C君的滋味，半明半昧地拿着部《西厢》在灯下展玩，忽然听得隐隐有唱西梆子的声音，我便起身出去站在廊下——那晚正遇着祖父到朋友家里去了，底下人都在房里打瞌睡，我一个人静听那断断续续如泣如诉的歌声，随着那飒飒刺刺的秋风，一丝一片，不，千丝万片地摇着隔院憔悴的杨柳飞到我的耳边，长空如墨，从云缝里漏出的微光照见天在那里移动，纸窗背的灯火，也闪闪不定的好像有鬼。我是个十四岁的小孩子，有吃有穿，有长辈痛惜，哪里来什么很深的感慨？可是我想起C君的话，觉得这个情景，应当要哭一哭才对。我便昂头向着天，又低头数着脚步，微微地长叹一声，演习一番诗人的格式，虽然哭不成，却也算附庸风雅点缀得不俗了。可是那西梆子的声音却引起了我演戏的兴趣。我想：要能够像杨小朵那样搽着脂粉穿起绣花衣服上台唱几句西梆子，够多么好玩儿呢？

然而那时候我专爱高谈革命。本来谭嗣同、唐才常两先生是先祖的门人，和我家关系最深，唐先生并是我的蒙师，我从小就知道有《铁函心史》《明夷待访录》《大义觉迷录》诸书。谭、唐相继就义，那时我虽是小孩子，当然不能不留印象。到了北京，又遇着吴樾之死，因此颇激起一腔的热气，所以没有成小戏迷。以后我回湖南进学校，又到日本三四年间，很热心地去走天桥跳木马，和人比拳角力，又欢喜闹酒，十七岁的时候酒量大进，能够一次饮白兰地一大瓶，啤酒是半打起码，到日本的时候，满意想学陆军，最羡慕的是日本兵裤子上那条红线。在成城学校做制服的时候，我硬叫裁缝在我的裤上加一条白线，以为不像兵也要像警察，那裁缝始终不听，当我小孩子向我笑笑罢了。日本兵穿的鞋子，满底上都钉的是铁钉，鞋面的皮，其粗无比，我每从鞋铺走过，总想买一双，好容易达了目的。我以为凭这一双鞋，就比其余的同学高明些。但尽管如此，终究因为眼睛近视，没能够进陆军学校，就是短衣镶边和大裤脚的海军学生制服——我最欢喜那个装束——也没法儿穿上我的身。于是有人劝我学军医，便也可充准军人，但是也没有能达目的。

光绪乙巳年冬，日本政府承清政府之意，对留学生发布取缔规则，全体大愤，我和大众一同回国。谁知到浏阳家里，就叫我娶亲，我绝对不肯，以后毕竟还扭不过，招赘到丈人家里去。那时我有个决定的计划，是结婚尽管结婚，结了婚三天后，我就一跑。我家里为着这个事甚为着急，尤其是岳丈人十分担心，只有丈母娘确有把握地以为不会，果然不出所料，我三个月还没有走。

我的夫人是很聪明能干的人，当我娶她的时候，她的诗文绘画都比我高明，且极识大体而又好学。我和她性情说不出的相投，虽然是旧式婚姻，却是爱情之浓厚，比偷情密约还有过之。我打主意和她一同出洋，费尽周折，家里却不肯，但是我始终不能不走，万般无奈，我还是一个人走到日本去了。这是多么难过的事啊！

走过上海的时候，被贼偷去了钱，到东京又感冒着发了好几天寒热，病好了出去走走，找着许多旧时的同学，倒也高兴，可是我的兴趣就在这个时候渐渐地变了。

春柳社的开场

　　有一天听说青年会开什么赈灾游艺会，我和几个同学去玩，末了一个节目是《茶花女》，共两幕。那演亚猛的是学政治的唐肯君（常州人），演亚猛父亲的是美术学校西洋画科的曾延年君（曾君字孝谷，号存吴，成都人，诗文字画都有可观。目下还在成都办市政报），饰配唐的姓孙，北平人，是个很漂亮而英文说得很流利的小伙子，至于那饰茶花女的，是早年在西湖师范学校教授美术和音乐的先生，以后在C寺出家的弘一大师。大师天津人，姓李名岸，又名哀，号叔同，小字息霜，他和曾君是好朋友，又是同学。关于他的事且按下不表，只就《茶花女》而言，他的扮相并不好，他的声音也不甚美，表情动作也难免生硬些。他本来留着胡子的，那天还有王正廷君因为他牺牲了胡子，特意在台上报告给大众知道，我还记得他那天穿的是一件粉红的西装？

　　那一次评判最好的是曾孝谷。他住在北平多年，会唱些京二黄，旧戏当然看得多，日本的新派戏他算接近得最早。他和新派名优藤泽浅二郎是朋友，这回的《茶花女》，藤泽君还到场指导的。

　　这一回的表演可说是中国人演话剧最初的一次。我当时所受的刺激最深。我在北平时本曾读过《茶花女》的译本，这戏虽然只演亚猛的父去访马克和马克临终的两幕，内容曲折，我非常的明白。当时我很惊奇，戏剧原来有这样一个办法！可是我心里想倘若叫我去演那女角，必然不会输给那位李先生。我又想他们都是大学和专门学校的学生，他们演戏受人家的欢迎，我又何尝不能演？于是我很想接近那班演戏的人，我向人打听，才知道他们有个社，名叫春柳。

看过戏不几天，遇见了一个上海相识的朋友。此人姓吴，名楠，字伯乔，一字我尊，常州人氏，他的父亲本在湖北做官，所以他也随宦到那里，曾经和管亦仲、程诗南、程君谋、瞿世英、唐长风诸氏，组织票房。他会唱老生，以后他到日本留学，在取缔规则发布以后，我和他在上海遇见。因为同席闹酒，他听见我猜拳的声音，就极力怂恿我学青衣，又介绍我去听过几回戏，可是我没有能够深入。那时我和死友刘道一君同住，他是个戏迷，一天到晚哼《定军山》气坏黄汉声的一段，我丝毫唱不出，不免很佩服他，而他的师父又是吴伯乔，所以我格外佩服伯乔。那天我与伯乔在东京不期而遇，实在高兴得很，连带又遇着他的同乡同学谢君康白（又称抗白，名祖元）。抗白是湖北自强学堂学生，他也是汉口票友。他声音很响，会唱好几出戏。我见着他们深相结纳，来往渐渐稠密。

三眼一板的二黄，是抗白头一个教给我的。

我谈起春柳社的人，可巧他们都认识，但始终没有机会为我介绍。过了一向，才知道我有一个四川同学和曾孝谷最接近，我便因他得识曾君，只见一次面，我就入了春柳社。当时孝谷问我会唱不会唱，我答说会唱，他便叫我试试，谁知我一开口，他便笑得合不拢嘴来！

春柳第二次又要公演了。第一次的试演颇引起许多人的兴趣，社员也一天一天地多起来——日本学生、印度学生，有好几个加入的。其余还有些，现在都不记得了。中坚分子当然首推曾、李，重要的演员有李文权、庄云石、黄二难诸君。李文权字涛痕，宛平人，他那时正当商业学校的中文教员。黄二难在美术学校习洋画。庄云石是游历官，在法政速成班读书。他嗜好音乐，吹弹打唱虽不彻底，可是样样都会，我的《梅花三弄》是他教的。他那时住在听涛馆；我和伯乔、抗白常常去玩，他那里每日高朋满座，管弦杂沓，春柳第二次公演，就借他那里排戏的。

这一次演的《黑奴吁天录》，角色的分配，大体如左：

乔治　庄云石

其妻　曾孝谷（他还饰过另一男角，名字忘了）

海留（奴商）李涛痕

海雷　黄二难

爱米柳夫人　李息霜

小海雷　欧阳予倩

我除小海雷之外，还扮过一个舞队里的舞女。我们一共同舞的四个人一般儿高，不相上下的年纪，穿的是一色的浅绯衣，头上披着头发，舞得也颇为整齐。现在这些舞伴，都不知道哪里去了！

这是新派戏第二次的表演，是我头一次的登台。欢喜，高兴，自不用说，尤其是化好了装穿好了衣服，上过一场下来，屋子里开着饭来，我们几个舞伴挨得紧紧的一同吃饭，大家相视而笑的那种情景，实在是毕生不能忘的！

《黑奴吁天录》当然含着很深的民族的意义。戏本是曾孝谷编的，共分五幕呢，不记得还是七幕——好像是七幕。其中舞会一幕，客人最多，日本那样宽阔的舞台都坐满了：日本人也有，印度人也有，朝鲜人也有，各国的装束都照原样装扮起来，真是热闹，不过于戏的本身是毫无关系，而且跳舞用的音乐，弹的是中国调子，在当时确是当一种特色。留学生忽然听见中乐合奏，不管在戏里调和不调和，总是很兴奋的。

涛痕饰海留，描写奸恶很对劲。他的举动的滑稽，我还记得他穿对女人鞋。

曾孝谷的黑奴妻分别一场，评判最好。息霜除爱米柳夫人之外，另饰一个男角，都说不错。可是他专喜欢演女角，他为爱米柳夫人做了百余元的女西装。那时我们的朋友里头唯有他最阔，他家里头是做盐生意的，他名下有三十万元以上的财产，以后天津盐商大失败的那一次，他哥哥完全破产，他的一份也完了。可是他的确是个爱好艺术的人，对于这些事，不甚在意，他破了产也从来没有和朋友们谈及过，这是后话，且按下缓表。

平心而沦，《黑奴吁天录》这出戏，虽有少数演员由着自己出些格外的花样，大体还算不错：第一、台词是句句按照戏本的；至于编制形式，当然取材于当时的日本新派戏，多少带着些志上剧的色彩。在明治维新的时候，许多志士借戏剧以为宣传之资，所谓浪人芝居，（戏）即是此类。在那个时期，我们模仿这种戏剧，是当然的事，以后上海流行的文明新戏，确是发源于此。

任君天知本和黄、李两君认识，他也是春柳社的一个社员。当《黑奴吁天录》演过之后，他就建议要春柳全体回到上海演戏，息霜、抗白都反对，各人有各人的理由。天知见主张不行，他便一个人回了上海，可巧遇着个王钟声便组织了个春阳社。他们第一个便演的是《黑奴吁天录》，大得上海人的同情。他在上海也一步一步地大活跃。春阳社渐由钟声主政，他便组织开明社，招收学生，排演新戏，以社会教育相号召。汪优游、查天影二位都出他的门下，钟声和他都是新剧有名的人物，在当时他们也确有其精神。尤其钟声，往往自己连夜画布景，写广告，到天亮不睡，略打一个盹他又起来化装上台。我不知道他是何处人，他也是天一句地一句地随便说，听他的话，似乎是安徽人。他说他到过许多国，尤其是在德国多年，但是有人又说他没去过。他在湖南当过教习，那时他叫王希甫，听说有两个女学生跟了他走了，因此被两女的亲属告他拐带，行文捉拿，他便到了广西，在法政大学教书。我结婚那年到桂林，听见过他一次很长的演说；以后听说湖南的案子发了，又有人放他逃走，才到了上海，便一变而做了演新戏的花旦。到辛亥反正的时候，他到天津去运动独立，事发就义。他和任天知、汪笑侬、夏月珊氏兄弟都合作过。他又自己组织剧团，旅行过南北各处。他是个很能干的人，志行坚强，能任劳苦，若问他的来历和性情怎么样，我和他没有深交，不甚知道。至于天知，也可以说是个无籍者，他生长在北边，却又入过日本籍，名叫藤塘调梅。他说他是光绪皇帝的哥哥，却也无从证实。他在上海，的确开了一派，到他全盛时期，春柳的面目已经丝毫不存了。

春柳自从演过《黑奴吁天录》以后，许多社员有的毕业，有的归国，有的恐妨学业不来了。只有孝谷、息霜、涛痕、我尊、抗白，我们这几个人，始终还是干着。在演《吁天录》那年的冬天，又借常磐馆演过一次，什么戏名我忘记了，只记得息霜参考西洋古画，制了一个连鬓而长的头套，一套白缎子衣裙。他扮女儿，孝谷扮父亲，还有个会拉梵铃的广东同学扮情人。谁知台下看不懂——息霜本来瘦，就有人评量他的扮相，说了些应肥，应什么的话，他便很不高兴。那回我演的是头一出孝谷编的独幕戏，涛痕饰画家，我扮他的妹妹，站在旁边吹箫，如今还有相片，可是戏名记不起了。自后涛痕每一见面，必然很亲密地叫声妹妹，我因为这事曾和他闹过，如今想起，倒觉得很有趣呢！

老实说，那时候对于艺术有见解的，只有息霜。他于中国辞章很有根底，会画，会弹钢琴，字也写得好。他非常用功，除了他约定的时间以外，绝不会客，在外面和朋友交际的事，从来没有。黑田清辉是他的先生，也很称赞他的画。他对于戏剧很热心，但对于文学却没有什么研究。他往往在画里找材料，很注重动作的姿势。他有好些头套和衣服，一个人在房里打扮起来照镜子，自己当模特儿供自己的研究，得了结果，就根据着这结果，设法到台上去演。自从他演过《茶花女》以后，有许多人以为他是个很风流蕴藉有趣的人，谁知他的脾气，却是异常的孤僻。有一次他约我早晨八点钟去看他——我住在牛迅区，他住在上野不忍池畔，相隔很远，总不免赶电车有些个耽误，及至我到了他那里，名片递进去，不多时，他开开楼窗，对我说："我和你约的是八点钟，可是你已经过了五分钟，我现在没有工夫了，我们改天再约吧。"说完他便一点头，关起窗门进去了。我知道他的脾气，只好回头就走。

他和曾孝谷来往很密，无论在诗画上，在社交上，都是好友。又因为合奏的关系，和那拉梵铃的广东人天天在一处，他有什么新曲，必定要那个广东先生听着替他批评，那少年要什么他就给他。他极力想训练那少年成一个好小生和他配戏，可是在常磐馆那回却失败了。他自从那回没有得到好评，而社中又有些人与他意见不能一致，他演戏的兴致便渐渐地淡下去。加之那广东少年不知为什么又和他决裂了，他格外不高兴，便专门弹琴画画，懒得登台了！

息霜还有一个朋友，就是前面提过的黄君二难。他这个人非常有趣，可是在留学生里头却不免有当他是怪人的。他平常爱着欧洲的古装，头发留长，胡子拧得往上，非常之整齐。上衣用薄天鹅绒制，白绒短裤，长筒白袜，有结子的漆皮鞋，大领结，其最惹人注意的就是他那定做的高硬领——其高异乎寻常，又故意把前头两只角伸长，格外显得高，配着头上的软绒大扁帽颇为有致；在路上走上电车，许多人争着看他，纷纷议论：有的说他是疯子，有的说他是西班牙的贵族，他却若无其事，处之泰然。他力劝我学他，又教给我许多化妆品的用法。他说："粉纸不可不带，香水不可不搽，胡子不可不留，衣裳不可不做。少年本应当漂亮，得漂亮时何妨漂亮？"他又力劝我买顶和他一样的帽子，我没买，他就送我一顶灰色的。我戴了两回，以后人家都说是女人戴的。他说："只要好看合头，何妨戴戴？"他和息霜很密，息霜有时笑着骂他，说他不是二难，简直是万难。二难回国之后，听说在河南做了官，还托一个唱花旦的——忘了是谁——带过一个口信给我，以后便没有消息了。

像息霜这种人，虽然性情孤僻些，他律己很严，责备人也严，我倒和他交得来。我们虽好久不见面，常常总不会忘记。他出家的时候，写了一副对联送我，以后我便只在玉泉寺见过他一次。至于孝谷，说话很滑稽，信手拈来，都成妙谛。他是个矮个儿，常爱偏着头愣着眼，对于时事时人，做一种很锋利而又不甚负责任的批评，非常有趣，也有时候正颜厉色若不可犯。我见过他的画不多，诗却不少，琢句甚工，流丽清新，颇为侪辈中所传颂。他世故似乎很深，待人也很谦抑和霭，而傲骨天生有孤芳自赏之概，听说他很不得意，或者于他的脾气也不无关系吧。

他在日本的时候，始终和我们演戏，回国后很想组织剧团，没有成功；在上海新新舞台（目下的天蟾）和任天知混过几天，当然不会合适——那时候所谓文明新戏，完全不用戏本，他如何跟得上？他一气就回四川去了。回到四川以后，仍然不能忘情，办了一个旬刊，并常常和我通信，可是没有机会再干舞台生活了。

申酉会

我们在常磐馆演戏那天，我正在化装的时候，忽然有一个很漂亮的少年，走到我的面前。我好像见过，回头又听得他和曾孝谷谈话，我就知道他是谢抗白常常提及的陆扶轩。我见着他长身玉立，那温和诚恳的态度，和那锐敏而又神秘的眼神，在人面前和人说话的时候，叫人不可思议的就会和他亲近，我便不知不觉地赶过去与他周旋，随便说了几句话，他匆匆地出去看戏去了。

扶轩名辅，常州人，演戏的时候署名镜若，那时他正在东京帝国大学文科读书。我们里头只有他研究过些戏剧文字。他和藤泽浅二郎的关系不仅是朋友，而且是师生。他心所倾向就舍着身子去干，拜一个新派俳优做先生，学演新戏，留学生里只有他一个。他过过日本的舞台生活，所以他的东京话，非常纯粹。加之善于辞令，他往往在旅馆里打电话，有日本女学生当面去恭维他："先生，你的语调实在美啊！"他虽然说得这样好的日本话，可是国语说不好，一开口就是常州腔。吴我尊、谢抗白虽同是常州人，他们都会说北边话，所以能在春柳社演剧，他呢，屡次要求入社，都没成事实。孝谷说："扶轩不会说中国话，怎么能演戏呢？"可是我自从常磐馆见他之后，便一天一天和他接近。慢慢地他的普通话也一天一天长进了，这时候他才成了春柳社的社员。可是那时李息霜很不愿轻易登台，孝谷倒是兴致很好。在戊申己西之交，正放寒假的时候，我们仍请孝谷编剧，借锦辉馆小规模地演了一回。因为不便用春柳的名义，就组织一个申酉会，演的什么我已经忘了。我只记得我装的是个小姐，和镜若扮的一个角色讲爱情。最后一出是鸣不平，演得很好，镜若的丫头，其弟露沙的黑奴尤为出色。这同最糟的就是我。还有一个笑话，就是：因为有人说我扮西洋妇人，鼻子太低，我就听扶轩的话用硬油装个假鼻子，再戴上眼镜，起初不甚觉得，及至上了台一说话，眼镜就陷到鼻梁里面去了，登时鼻子变成两截，到下幕时候假鼻子掉了，台底下虽然没看见掉下来，可是已经看见鼻子裂开；这当然是弄巧反拙，也怪我捏假鼻子的功夫太不好了。

这一回总算演得很不满足，因此想大干一次。我们的口号就是"过瘾"。正赶过新年的时候，我们就开始工作起来。我们找了一部脚本，就是法国Victorien Sardou著的La Tosca。这个戏本来是浪漫派的作品，有点Melodrama的意味，却是舞台效果很好。有一天春雪严寒的晚上，我和抗白、镜若三个人挤在一个小屋子里，镜若拿着剧本念，抗白自告奋勇在一边写，我就烧茶煮酒添炭，预备晏了好消夜，一面计划卖票筹钱的方法——第一步就是借着官费生的钱折去押给放重利的广东药铺。镜若译到得意的地方，大家一句一句叫好，就手又研究起表情来，四幕戏一天一夜完全赶起，于是就派定角色：

画家　　　　　　镜若

女优杜司克　　　予倩

警察总监	我尊
革命少年	抗白
侯爵夫人	谷民
侦探长	刘××

　　那时候恰好孝谷有事要回国，没有派他的角色，息霜是不肯随便玩的，涛痕也没有来。我们仍旧用的是申西会的名义。

　　一切备办齐全，租定了东京座，地方比春柳演《黑奴吁天录》的本乡座还要大些。租戏园的事当然又有藤泽先生帮忙。镜若在日本戏班里是混得熟透了的，布景衣装，办得格外妥当。日本的衣装，有一种人专做这个生意，不必自己去制行头，什么戏用什么行头，只要开张账单给管衣裳的，对他说清楚，他就会替你办来，大的改小，小的放大，他都有法子。反正新新旧旧，拼拼凑凑，别管怎么着，只要在戏里通用，在电灯底下好看就得了。

　　我们戏里用的衣服据说是十八世纪罗马的装束，这当然靠不住，我们也不去管它。可是那管衣服的，听说我是主角，就特别预备得齐全一些，那侯爵夫人也很重要，谁知他就大意了，穿起来不合身，侯爵夫人大怒，说："我们为的是要卖个好看，像这样简直是卖丑嘛！死鬼！……我不干了！"他说完脱了衣裳，两手捧住头套就要卸装，我听着十分着急，一想第一个被嫌疑的就是我，因此便赶上去，一面埋怨管衣裳的，一面说："恐怕弄错了吧？怪不得我这件也不合身。"机灵的镜若也就指着我的衣裳说："本来你不是穿这件的。"我就说："那么就换一换吧。"

说着我就将身上一件黄绸缘白边的脱了下来，给侯爵夫人穿了，我自己又另穿了一件红绸的。幸喜我那老朋友不再同执，刚刚换好，已经就开幕，头一场就是他上的：他生平恐怕只演过这一次旦角，他回国以后专门在上海办报，如今他正坐在《晶报》经理室他自号大雄，谁知这大雄先生也曾大雌一次呢？

日本的布景是用新闻报纸糊在木框上画的，用过了可涂了，加画过。头一幕我们也用了高舞台一个庙，好几层阶级上去，我最喜欢做那穿着长裙上阶级的姿势，在这个戏里却是没轮着，一直到在上海九亩地新舞台演《拿破仑趣史》的时候，才达到了目的，但那出戏的滋味不甚好罢了。这回的布景，不见得很如意，可是在外国做这样一两天的公演，居然新画了两张景，应有尽有地预备齐全，那司幕的也仍然照平常待日本演员一样，拿着敲的梆子——日本开幕不用铃用木梆子———次一次来问候，这真是很难得的。

这个戏本来伊井蓉峰与河合武雄演过，名叫《热血》（田口菊町译），我们就从抗白之意，改成《热泪》。他们是五幕，我们演成四幕，法文本却是三幕。如今想起来，只演三幕好，剧中大致的情节，也不妨略为一提：

流落罗马之法国名画家，与女优杜司克发生恋爱，为警察总监所妒。适画家救一国事犯，总监遂入画家于罪，科以死刑。杜司克知不可救，乘间刺杀总监而遁，至刑场，画家已死，杜投崖以殉焉。

这个戏演了之后，许多人都说我们为革命宣传，其实那个时候，我们多少带着些艺术至上主义的色彩，宣传革命，很不如过瘾的切实，可是我的老师黄克强先生和张溥泉先生，都很加赞许。那几天加入同盟会的有四十余人，有人就故甚其词说完全是受了这出戏的感动。或者有之？我却不大相信。

这出戏在一个时期总算成功，表演也还忠实，演完以后，许多人到后台来恭维我们，还有许多人来请我们吃饭——抗白每天来说："又有人请吃饭，我们再去听听恭维吧。"

我自从春柳演戏以后，常常和吴我尊学唱青衣。这一次我们加所谓余兴的，演了一出《桑园会》，我尊饰秋胡，我饰罗敷。我尊又与抗白合演《十八扯》，抗白饰哥哥，我尊饰妹妹，那才好玩呢！

我的那个《桑园会》实在没有根。一个脸上长一块大青印的同学沈大哥，端坐操琴，他的琴是有时有板，他的过门我听不清，我的腔他跟不上，然而台下的观众，仍然大拍其手，因为他们大半是熟人，他们在那里并不是纯粹赏鉴我们的艺术，也是和我一块儿玩玩的意思。留学生没有什么娱乐，偶然听见两声京二黄，不管好不好，他们总是高兴，而且有许多人请吃饭，其意也还是想听我们哼两句的。

演《热泪》是我第四次登台。因为角色较重，在排练的时候，朋友们都替我担心，怕弄糟了去，我可是多少有些把握，因为镜若是个大戏迷，每天无论和他练多少遍他都不厌。第一，我的剧本念得真熟；其次，化装没有问题——我和镜若差不多每天平均化三回装，我们躲在一间小小的屋子里，化着装练习。在日本人家不好高声说话，我们就去到郊外草地上练习笑和哭。镜若的表情多少有些伊井蓉峰的派头，我比较看河合武雄的戏看得多，受他的影响也不少。河合身体颇魁梧，然而动作表情，非常细腻。日人说，河合的举动没有丝毫不像女人的地方，而且端庄流丽有的女人都不能及。我最爱看他的戏。他扮的多半是流丽活泼的女子，有时候也扮老太婆，我欢喜演他所演的那路角色，所以特别注意他些。我的说白颇得涛痕之力，他是纯粹北平人，字音很准，我常常向他请教，功夫当然没有白用的。

日本演旧剧的俳优，多有剃眉毛的，尤其是旦角，因为日本元禄时代的女子时行剃眉毛，剃了眉毛在额上点两个黑点，扮这种角色的当然非剃眉不可。日本从前的旦角照例不出门，出门的时候，都要坐有围子的东洋车，所以剃了眉毛也不要紧。日本旧剧的旦角，在学徒的时候，一切起居饮食都叫他模仿女人，有的连用的东西，都让他用惯女人的，受过这种训练的孩子走出去，当然会惹人家的诧怪，所以不如少出去。还有就说要登台的人，不宜多让人看见，无论你在台上魔力多么大，若是你在下装后和人接近，就往往会破坏人的好印象，这的确是经验之谈。不过在明治维新以后的俳优，便把这种习气完全改变了。眉毛呢，就用一种硬油可以把它胶住，油上再刷化妆品，也还可以过得去。这方法我也用过，我在东京演采桑的时候，眉毛就画得比平常高而细，但是镜若始终还是主张剃眉毛。在演戏的头一天，我看他总有哪里不同一点，仔细留神才知道他的眉毛只剃得剩了中间很细的一线，他非让我剃不可，我不彻底地修了一修，剃却到底没那勇气。

自从我们演过《热泪》以后，又有尹昌衡君组织一个社好像是叫阳春社，要演《电术奇谈》，也来找我们加入，我们以为那个戏没有意义，不甚情愿。他们要我去饰一个荡妇，抗白第一个反对，以为这种角色万万演不得。当时镜若就说："演戏的角色和画画的颜色一样，白的黑的红的绿的都是一样，何以见得不能扮荡妇？"我呢，当然不在乎，坏人好人一样演，但是这类角色大家都断定我绝演不好，我也不能自信，因此和他们演了一个小小的角色，就算敷衍过去。荡妇一角由福建陈朴君担任，演得很好，镜若尤其称赞他含笑往桌上斜斜的一靠那个姿态，从此便和陈朴做了朋友。

这回演施催眠术的博士是吴我尊扮的，他身躯高大，长脸高鼻子，一望仪表甚伟，从前他当票友的时候，演过花脸，所以凡属恶人总是烦他做。他自己也演得颇为得意，回国以后，继续担任这类角色好几年。后来迷唱着青衣，专门哼小嗓，学花旦台步，再让他演男角，便不成了。

这次演女主角的是马君绛士。黑龙江人，他可会说四川话。他面貌并不好看，而身材瘦小，有楚楚动人之致。声音微涩，平常说话就带着一种呜咽的声调，演悲剧最会抽抽咽咽地说话，最后纵声一哭，真有鹤唳几霄、猿啼巫峡之慨。起初我们很反对他，说他不能演戏，这一次《电术奇谈》也没有显出他怎样好来，他的本事是我请他到湖南演戏才显出来的。

绛士也入过春柳社。他头一次登台，春柳旧人半已星散，只剩我们这几个人。那时候公使馆已经有禁止学生演戏的布告，说是凡属演戏的学生要停止官费，于是我们团体里的官费生害怕起来。我们也都想赶快在大学毕业，好早些回国干我们的事，一时演戏的空气便沉寂下来。那几年中只有林天民和陈朴他们演过一次，镜若和一位盛君用日本话演过一次《金色夜叉》，一次《不如归》。那时先君在东京去世，我送灵柩回国，没有加入。从此两年之中，我颇用功读书，简直没有顾到戏剧。及坪内逍遥博士组织文艺协会，镜若去当学生，他的学问大进。他和绛士、我尊结合，将春柳恢复起来，又演了两次戏。我正当回了国，漫游广西的时候，不过书信往来，频通消息罢了。

我们在东京演戏，本没有什么预定的计划，也没有严密的组织，更无所谓戏剧运动，不过大家高兴好玩。一般最高的见解也不过认戏剧为社会教育的工具，正和日本的浪人戏一般，想借此以为宣传。我因为和镜若最接近，就颇有唯美主义的信仰，然而社会教育的招牌是始终不能不挂起的。

因春柳的发动，产生了上海文明新戏，文明新戏是模仿日本的志士浪人剧又掺入些旧戏的成分拼凑成的东西。民国元、二年起，盛了好几年，我们回国表演的时候，文明新戏已经很鲜明地和春柳派对抗着。镜若从文艺协会运回来的莎士比亚、托尔斯泰、易卜生之流，丝毫没拿得出来。他在戏剧界真可算是特出的人才。他死了已经十五年了，倘能多长十年命，天才的发展，真未可限量呢！

广西的生活

我从日本回国,有许多人劝我到北京去考洋进士,我没去。我的文凭也寄存在一个朋友那里没去管它。我送了先君的灵柩回湖南,不久就到了广西,跟着先祖父住在衙门里,很久都没谈戏。偶然也在房里偷着化过一两次装,绝不敢让人看见,只得我夫人个人的欣赏,却也很不寂寞。有时对着镜子坐着,就想起许多情节。那时想的情节,大概是一个乡下女子和一个都会的男子发生恋爱,后来受了那男子的骗,留既不可,想同乡下又已不能,因此成功悲剧。或者是一个贵族的儿子,想和一个身份卑贱的女子结婚,为家庭及环境所阻,不能如愿,结果那女子竟被逼而死。还有呢,就是一个志士被家庭压迫,不能遂志而流于颓废,一类的想象。这些情节以后都一一实现过了。

那时候王铁珊先生有个老夫子,姓薛,名仲超,他的嗓音很好,那真是圆润雄浑。他唱《卖马》非常有致,歌词也很别致,只是从来没板。我是天生没有宽嗓子的,除了青衣之外一句都哼不出,所以听见他唱非常羡慕。我听舅舅刘伯远先生说,大嗓子可以喊得出来,我就常到野外去乱叫,叫了一向叫不出来,也就只好算了。

那时候我颇能饮酒,有时候从早晨八点钟喝起,喝到夜晚十二点不休。衙门里的人很有些酒友，绍酒总是十斤一买，醉了就骑着马在街上乱跑，可是从来没有闯过祸。每天限定的功课，就是请旧书作骈文，四不像的打油诗，一抓就是一首，可是随作随弃，从来没有留过稿子。我起初欢喜读陶诗，以后就欢喜读谢灵运的诗。那时候《文选》很熟，只不欢喜《三都》《两京》那些赋。建安七子和庾信、徐陵，常常在嘴边带着，《国朝骈体文钞》，也尝置诸座右，唐诗比较韩杜读得多些，和李青莲的关系却很浅。宋诗和明七子的诗也涉猎过一下。我很想做个诗人，可是无论如何敌不过爱好戏剧之心，因此就放下了诗又去读词，常和我的妹妹、我的夫人韵秋比着记诵。可是那时候韵秋专爱读《老子》和《庄子》，我就拿《淮南子》《列子》《管子》去和她抵抗。我祖父本是船山学者，他教我读经，又说掌故非知道不可，于是我便去追求王船山，看些《四书训义》《读通鉴论》之类；掌故方面又胡乱翻一阵《东华录》《石渠余纪》之类的书。我看书的天才很薄弱，用功又太杂，从来没有过系统：一边哼着《玉茗堂四梦》，一边谈着《戴段四王》；一边读《管子》《商君书》，一边又背诵《石头记》，结果一无所得，一无所成。我从宣统末年到民国二年就是乱七八糟地东抓西抓地塞了些文字在肚里，现在想起来，真是莫名其妙。好在我的目的在演戏，也只好说："不相干，随它去吧！"不是这样说，实无以解嘲啊！

我在广西最爱四处乱逛，"桂林山水甲天下，阳朔山水胜桂林"，我一到广西就听见这个话。桂林的名胜，我可说是游得不少，不是名胜而较胜于名胜的地方也很多。我最爱在夜晚一个人踏着朦朦胧胧的月亮，到风洞山去坐一阵，从树影参差的石级盘旋上山。到了洞口，一望漆黑，摸着进去，只听得风声怒吼，再进去，石浆滴沥之声，蝙蝠扑面飞来，想必我吓了它一大跳。我一伸手，好像有鬼挡着去路似的。我一想鬼倒还不要紧，万一有个人先在里面手里拿着把刀对着我，那可了不得！一会儿我觉得即使有强盗或者乞丐之流，我就可以大和他谈谈，我把身上的东西全给了他，或者他就是江湖的异人，授我以妙术，一刹那我便变成盖世无俦的美男子，又有大嗓子可以唱老生，又能够装成绝世的美女，眼睛和金刚石一样光亮，看人一眼，就把人的魂慑住。无论中外男女老少，只要一听我的歌一见我的舞，他就迷了。而且我还有猛虎一般的威，狮子一般的力，低眉一笑，春花乱开，正色无言，群魔慑伏。这样我只要偶然登几次台，就可以治国平天下了！一面想着，脚下听其自然地移动着，这个洞本不很深，不多几步，就通过了后山，境界忽然开朗，一点一点疏星，还是在那边山峰影里流波送盼，月光却早藏到云里去了，挣扎出来的余光，把灰色的天，界成一条条的白线。静悄悄的非但没有江湖异人，连适才的蝙蝠也不知道飞到哪里去了。于是我幻想全消，而诗兴大发，立刻凑成五律一首，还记得有两句好像是："山死无余色，天惊见裂痕！"吟完诗，想唱两句；不知如何被夜的严静慑住，无论如何，不能成声，只觉得呼吸的音响，已经就够繁喧的了！

先祖时常更换任所，我真得其所哉！河里有新鲜的鱼，舱里有各色的酒。白天帮船夫撑篙摇橹，倦了时船头上打个盹，妙哉！到了晚上——有一晚泊在一个滩下，两边都是高山，月被峰遮，许久上不来，我和韵秋划着一只小船，想去寻月，越走越远，月亮终究没看见，而滩水急流阻了归路，船上人不放心，才把我们接了回来。一到船上，团圆的月亮，恰好在峰头露出了一半，没有法子，只有喝酒。现成的"明月几时有？把酒问青天。"胡乱唱一通，可是丝毫不能表现我那时的情绪。

我还记得有一天走到一个滩下，碧绿的水，也不知道有多少深，左边山上密密层层的树林，间着许多杂色红的黄的树木，那种排列的方法，实在有说不出来的巧妙。石缝里一丛一丛的兰草，和风微动，清香四流。右边石壁插天，上面轻云来去，看水里的影子，更觉得美丽无俦。石壁颜色雪白，上面罩着无数的藤萝，有的赤如丹砂，有的花如玛瑙。那时正是太阳将近落山的时候，西边的天，蔚蓝无际的中间，泛出一座一座灰色镶银边的宫殿。红的、黄的、橙色的、金的、粉红的、白的、紫的，还有千千万万说不出名字来的颜色，锦幕一般丰富，真美丽啊！我伸长了两条膀臂连什么都一齐紧抱在怀中，和天和我同睡倒在潭水深处。我想不会醒了，却也不会睡着，只觉跳动的心，在那里说："你醉了！"

我在桂林也曾看过两三次戏，觉得没有多少意思，不愿多去，骑马游山似乎更好玩些。其实，我应该研究一下，但是那个时候，却全想不到，也正因我对于戏剧的见解不同，所以毫没注意。近年来我研究到二黄戏的变迁，就想到广西戏有一顾之必要。广西戏和湖南戏一样，不过用的是桂林话，腔也变了不少。桂林叫平板二黄为安庆调，因此可以知道安庆梆子单独在两湖盛行过，以后才成为二黄的。我在桂林的时候，那时的名角有麻拐仔会装强盗，曾八唱小丑，鸭旦演风情戏。鸭旦本是卖鸭蛋出身，所以就取名叫鸭旦。桂林戏院的后台很大，许多戏子，都住在后台，一张一张地铺开着。在那个时期，上海的伶人已经把身份提得高些了，可是内地看伶人还是和妓女一样。我到过一次桂林的后台，看见有好几桌酒席摆着，听说是绅士们在那里请客。这是我在别处没有见过的。在后台请客大约是一桩时髦的事，花旦下台之后，可以不卸装，就去斟杯酒应酬一下。现在的风气不知是怎么样了。听说如今桂林已经没有戏馆，班子都是流动着各处去唱，或是在赌馆当中搭个台，替赌馆做广告，请客摆酒还是一样，想不到二十年来，格外不成样子了！

同志会

先祖去世，我从广西回到湖南，正是老友焦达峰被杀的时候，长沙乱哄哄的。我们赶紧回浏阳，过了年再到长沙得了镜若的信，我就到了上海，镜若正弃了都督府的秘书，组织一个同志会。绛士也辞了实业厅的科长，跟着镜若，还有一个当小学教员的吴惠仁，几个人租一所房子，大家都是穷得不像样，我到了就大家住一起。我又因别的事到香港走一趟。回到上海，会员增加了些，我们就借三马路大舞台演了一次镜若编的《家庭恩怨记》，我饰剧中小桃红，评判颇佳，但是演得不好。

那时候我因我尊之介绍，与筱喜禄君友善，喜禄姓陈名祥云，故名优夏，月珊君的弟子，演青衣，曾享盛名，为人慷慨交游，他和我尊是在汉口认识的，他和戏班里的人却感情不好的多。他扮相很好，可是一天一天长高长肥，因此包银反涨不上去，他便渐渐地有些厌倦。

他有时演《三娘教子》之类的戏，他说，三娘是个穷寡妇，不宜搽粉，而且昆腔的正旦，是照规矩不搽粉的，因此他就不搽粉。后台经理和一班演剧的都笑他骂他，说他胡闹，他却自鸣得意地大耍名士派。有一个人便对他说："你在十几岁的时候又白又嫩，不搽粉人家都喜你，如今长得这样又长又大，连我都看不上你了。"这不过是一句玩笑话,可是难说不伤他的心。

他因厌倦之故,演戏就不甚起劲,不过为吃饭而存心敷衍。班子里也不当他一回事,贪图他价钱便宜,嗓子好,戏又多,扮相到底还过得去,也就诸事将就他些。往往排他唱第二三出,他高兴就好好地唱唱,不高兴就再没有谁能比他完得快——要唱三十分钟的戏,他十五分钟甚至十分钟就完了。可虽是这样,也还有一帮人特为去看他。

吴彩霞到上海,一时很红,那时月薪也不过赚三百元。上海人欢喜听二黄青衣实在是从彩霞起。论彩霞的扮相,实在远不如喜禄,嗓音比喜禄宽亮些。喜禄的腔调多少带点南边味,字音咬得不甚清,可是身段婀娜,神态温雅,为彩霞所不及。彩霞是北京新到,喜禄是长在南边过时的角色,每逢同在一出配搭的时候,两个人都很卖力,喜禄得的彩也往往和彩霞一样多。尤其有许多人因彩霞而知道小喜禄,说:"那个配的也真不错。"我和喜禄认识的时候,他正在丹桂第一台,我因为访问他,常到后台去。他常和我喝酒。一面喝着,一面叫他的伙计看台上唱到第几个戏了,报告给他知道。他听见说他的戏快要上了,他就说:"你在这儿等我,我就来。"说着匆匆下楼,等不到一会儿,他果然就来了,他的戏就算完了,又接着喝下去。

我这次到上海的时候,他正在嘉兴唱戏,我就坐火车到嘉兴去找他。不久他从嘉兴回来,我们在一处玩了几天,我便到了香港。那时见有一个剧团正在演文明新戏,我认识有一个演员是我在东京的朋友,我就赶紧到后台去看他,可惜如今我再也想不起他的名字,就连他们的社名也忘记了。宣统末年我在梧州见过郑君可的一班，看广东的新戏，这是第二次。

我在香港住了十天光景，事办完了，我就又回到上海，跟着同志会许多人东混西混，先到苏州演了几天，后来又到常州。常州是镜若的故乡，他就来招待我们，担负经济的另有一个绅士。演过之后，又会见许多在东京的同学。我还记得常州的房子，是一座一座排开的。演完戏回旅馆一路上月光照着白粉墙，有的新，有的旧，有的残缺，有的整齐，都是静悄悄，也不透丝毫灯光。只有屋旁的树，路边的草，迎风颤动着，好像有些沙沙之声，和我们的脚步声相应。

我们从常州又到了无锡，一班人个个都穷，镜若也没钱。那时的办法，是到一个地方，就去找一个资本家，不，是说妥一个资本家，再到那个地方去，那时候费钱并不多，我们又都不拿什么薪水，所以资本家容易做。而且那个时候文明新戏很时髦，就有些所谓少爷之类来找我们，我们也就不管三七二十一，只要勉强够开销就干起来。

到了无锡，住在船上，排戏就到一家公馆的后厅去，他们的招待很简慢，那个少爷出来看了我们一眼，莫名其妙地打个招呼，就进去了。第一我们穿的都是不好的衣裳，二来我们有一句话叫"庄严面孔"。我们常常保持我们的庄严面孔，少爷便觉得没趣，不能周旋。还有一层，我们欢喜乱说怪话，往往不为少爷所懂，他更觉得找我们是失败了。

开场的头一天，定的剧目好像是《猛回头》。还没有开幕，就遇着前台打架。第一幕才止，有许多丘八先生一拥而入，就椅子茶壶打得精光，打完就走。台下的看客本就不多，这一来前台连茶房都跑了，登时变成七零八落，一个空场。当时有人建议，说哪里有个"老头子"不能不接洽，哪里又有一个"马头官"不能不拜候。镜若是个最下得身段的人，他笑嘻嘻的就和那人去拜访所谓老头子去。据说是一个三十多岁的胖子，他拍拍胸脯说："好了，你们作吧，兄弟帮得到的总尽力。"但因为要修理椅子，当晚还是没有开台，我们就许多人挤在一间船舱里，喝些酒，横七竖八地一睡。我睡不着，只听得鼾声呓语，连续不断。我觉得口渴，可是一点茶也没有，只好就着河里喝些冷水，不知不觉，就天亮了。

第二天却惊动了许多绅士，又遇见许多熟人，有的是我们的同学，有的是在广西的官吏，他们都出来捧场，于是我们就一连演了好几天，完了又遇着律师唐演君，请我和镜若游惠山。我觉得好玩，又和我一个表叔骑着马去游过一次，在山上采了无数的野花，下山来就村店里喝了几斤酒，把许多鲜花插在帽子上，骑着马趁着月光跑回来，到了那家公馆门口，已经醉得站都站不稳了。

从无锡回到上海，就没到别处去，我从同志会搬到一家四川人的号栈和记住了，从此天天和喜禄在一处，用四个月的力学会了一出《金殿装疯》。借大舞台演《家庭恩怨记》，也正是这个时候。那时我因喜禄的介绍，认识了江君紫尘和张君葵卿，又因紫尘认识了林绍琴先生。紫尘别署梦花，是南京一个知县，在制台衙门当巡捕，辛亥革命，他就到了上海，和他的同事张葵卿两位合作，唱起戏来。他唱青衣，音最宽亮，花腔造得很多。他的唱，那时候在上海要算最新鲜。他的交游又很广，于是捧他的很多。在一个时期，他可谓执上海青衣界之牛耳。他常说："北京的青衣，丁继甫来过，彩霞来过，幼芬来过，陈德霖我们是知道的。还有谁呢？没有谁了。只有小梅没有来过，听说除了扮相儿，也有限呢！"他这样说，可见他的自负。可是他的确唱得不错。他的腔大半自创新格，哪怕同样的腔，小地方至少总有一两个音不同。他非常的自己爱惜，不是自己的胡琴，绝不肯随便就唱。起初本是葵卿替他拉，以后他不大登台，葵卿就到会审公堂去当会审官去了，于是他总觉得唱得不痛快。

人家听见江梦花的名字，以为他总是个花儿似的人。不错，论他的交际那样圆滑，真可以说是交际之花，可是他的人没有什么女性，扮起来也不像个女人，尤其脾气很刚，他能够长篇大套地骂人不敢回嘴。他欢喜盘古董，玩字画，常和许多大人先生来往，出入风雅之门，同时无论什么红眉毛绿眼睛的流氓地棍，他都有法子和他们周旋。他办事很周密，临机立断，既经拿定了主意，是绝不退让的。他在三马路大新街办过歌风台，以后让给经营三办民鸣社。他和喜禄本来很亲密，以后不知怎么样弄得感情很恶劣，彼此绝交，谁都没有能调和得好。

我唱青衣当然受梦花的影响不少，他的腔我差不多都会，至于校正板眼，排练身段，就完全出于喜禄之手，梦花的身段也是从喜禄学的。

我和梦花相识未久，他就介绍我认识了林绍琴。林先生福州人，行七，人家都称他林七爷。他的哥哥林三爷（名诒书），中国学问很好，放过学差，做过宣统皇帝的师傅，会下围棋，人也很有风趣。那时我恨没有能见面的，就是林四爷（季鸿）。听说他唱青衣，很多创造，现在所流行的对面一顿，结尾一慢那些腔，都是他兴的。他是个票友，而一时的青衣名角，都奉他为圭臬。他把《黛玉葬花》原诗编成反调，一句一个腔，没有重复，妙音芳誉，周遍都城，可惜他辞世太早没有给我们听过。七爷呢，专学余紫云。听说有一回在饭馆里吃饭，他唱了几句，恰好紫云在隔壁听见，就因此订交。他的嗓音本来很好，到我和他相见的时候，他已经是鸦片烟抽得很厉害，而且有了肺病，唱几句没有谁不说好，只是四句以后，便力不能继。可是他的唱在上海青衣中算最高标准，评剧家也取他为尺度去衡量伶工，也足见他的名贵。

我的唱功很得他的益处不少。他性情有些孤僻，吃了鸦片烟当然不见得能耐勤苦，所以万不能求他从头至尾教授一段。我们和他做朋友，时时去探望他，十分熟了，他便没有拘束地随便谈些关于唱戏的话。有时候他高兴起来哼几句，来证明他的议论，我便照他所说的极力去揣摩，有时候我也唱几句，他从来不加批评，后来真熟了，他才好像半不负责任地说哪里应当重点，哪里应当轻点，或哪个腔不行的话。我注意听他说，回来就把他所说的地方一连唱他个几十遍，明天再去唱给他听，他便大为惊奇，说："你真可以！"于是他便渐渐地教给一些腔调，和盘托出得一无所隐了。他以后常对我说，"教人很不容易，若不是真懂得的，你说他不好，他还要生气呢！"

民国二年从夏到冬，我住在上海，一部分的工夫，在同志会演新剧，其余的时间，完全费在唱功上面，我在大舞台演《家庭恩怨记》的时候，已经唱不少的段数了。而且我在《家庭恩怨记》《敬酒》一场里，加唱了一段《御碑亭》，颇引起一时的注意，无聊极了，可是当时很得意。

《家庭恩怨记》以后，还演过一次《社会钟》，那个说明书还是吴稚晖先生作的。我那时候以为说明书应当用美丽的文言，我看见吴先生头一句写的就是"阿爹老石，死在屋里"，这种无锡白话文，我很不以为然。我对镜若说："我们所尊敬的吴先生，怎么写出这样的文章来？"镜若笑笑不说话。

我自从在《家庭恩怨记》里演小桃红，又在《社会钟》里演左巧官以后，他们认定我只能演坏女人，正当的爱情剧，从不让我演。凡属人家表同情的角色总是绛士，挨骂的角色总是我，无形之中成了定例。我当时只要有戏演，从不计较，可是我自以为什么角色我都能演，而且演一样会像一样，非但是女角，而且还能演男角，不过每逢表示想演一种另外的角色，他们总是付之一笑。

我在上海半年不回家，家里常常有信催我，及至知道我在上海演戏，弄出了很大的风潮，可是始终瞒着祖母和母亲。责备我的信当然很多，其中以先外祖刘艮生先生为最严厉。只有我内人她深知道我的性情，从来没写信劝过我，只是很委婉地叫我找个机会多读些书，就是演戏也要和寻常的戏子学问人格有别才行。

到了年底，家里实在催得紧，我无法再逗留，只好回家过年。临上船的那晚，我在张家花园演了一出《宇宙锋》，这是我正式演二黄戏的头一次。当时敦促最力的是绍琴，其余还有贵俊卿、朱素云两位，也推波助澜地把我捧了上台去。却因为这一次的成功，使我学青衣的瘾大了好几倍。那天晚上睡在船舱里，午夜梦回，觉得醇然余味，美不可言！

社会教育团

我回到乡下，过年又到了长沙。我在家里实在坐不住。恰好长沙有个组织，名叫社会教育团，他们想干戏剧，就找我去问计，我就一力主张，马上打电报，把同志会一帮人约到湖南。那时镜若的夫人刚养儿子，他就连妻子一齐带到长沙，同来的旦角有马绛士、吴惠仁，生角有罗漫士、蒋镜澄、管亦仲（别署小髭），以后又打电报到日本，把吴我尊也约回来了。布景的是汤有光，和镜若的妻舅藤田洗身，还有一个专干舞台生活的日本木匠，不敷的在长沙招了些，舞台搭在左文襄祠。

这种戏在湖南是头一次演，有情有节有布景，比旧戏容易懂得多。一开的时候，真是人山人海，挤得两条街走不通。一出《家庭恩怨记》，真把人看疯了。只管下大雨的时候，门前的轿子进来了的退不出去，外面的进不来，女客撑着伞在门外，没开幕前两三小时就等起的不知若干，那真可谓盛极一时。

那个时候《恩怨记》的小桃红不是我演的，是吴惠仁。惠仁，湖州人，本是个小学教师，生得矮矮小小的身材，说起话来很像江浙女人的声调，留得一头好长头发。当时因为头套很难得好的，买起来，价钱又贵，因此有些演旦角的把头发留长，到后台临时梳起来，就和真女人一样。尤其惠仁特别精致，他自己雇用一个梳头妈，在上台前一两点钟就梳起，梳好了头，搽粉化装又要半天。反镜打了又打，衣服比了又比，穿戴好了便端端正正地坐着，不大和人说话，他一心研究他的台词和表情。

我有个内兄刘雨人，是个最豪爽的文学者，而且是个有名的收藏家，金石刻画，件件擅长，在谭组庵先生那里当秘书。还有个朋友宋痴萍——我们都叫他宋大哥，他那时在长沙《民国日报》做编辑；他们两个天天和我们在一处。这两位都是以酒为命的，加上管亦仲、镜若和我，五个人常常喝得不知所云。我们的床下都有几箱啤酒，几坛花雕，完了事没别的消遣，就是喝酒。以后引得绛士也加入大喝，每逢一上酒楼，彼此不醉无归。我觉得豪气凌云，可以吞海，喝瓶把酒，真不算回事。

两瓶啤酒一气饮完，一手抓一个瓶，向窗外使劲一碰，炸成粉碎。痴萍本来是同盟会员，我那时候正和唐桂良、周道腴、柳聘农诸君组织国民党，当了一回会计。所以我们极力反对共和党、进步党一类的政党，而以痴萍为最激烈，他每打一对酒瓶，必定叫道："炸弹炸弹，炸破共和党的头！"

酒席完了，窗外的碎玻璃堆一大堆。酒馆里的人来干预我们，结果大吵起来，几乎用武，好容易劝住了，就走出门来。刚出门，没有走多远，就看见一个共和党的中坚分子坐着轿子过来，痴萍上去，从旁边一脚踢去，那个轿子上重下轻，哪里抬得住？就连人带轿倒了下去。痴萍走上去乱打一阵，那个人孤立无援，抬轿的也不敢帮着打架，他看来势不对，就一溜烟跑了。

像这种事，吴惠仁是绝不参加的。他一天只是在房里量衣服、弄首饰、背剧本，别的事一概不问，以后绛士也变得和他差不多一样，只有我就始终是一样的骑马喝酒玩手枪。

有一桩笑话：方才所说我们吵架的那个酒馆，是从前衡州府唐步瀛家里开的。有人证明唐胡子在衡山杀过好些个革命党，因此有人主张要惩罚他。但是这个意思，并不是党里开会讨论议决执行的，不过几个人坐下来随便一说，就自己去干。我当时被朋友推为执行者，他们叫我带着手枪去质问唐胡子，让他捐钱了事。我当然听他们的话，就跑到唐家，见不着本人，我走进门去，遇见一个人似曾相识，他请我坐了，很客气地和我论世交。他说："唐先生到上海去了，如何如何……"我当时说不出所以然，就很不得要领地发挥几句，出到门外，放了几手枪，莫名其妙地走了回来。他们说我不中用，可是以后听说那边居然捐了一笔钱，我却不知道了。

像这样的捐款，我知道的也不止一笔，做了什么用，我可不知道，钱在哪里，我也没看见。不过使我最难过的，就是辛亥反正以后，许多穷朋友，都忽然讨了姨太太，住了大房子，怎么发展得那样快呢？

因为这个，我就编了一个戏。恰巧湖南省议会正在选举议员，许多人花钱运动，真是花团锦簇，热闹异常，城门口挂起八九丈长的白布，上写着某党招待处。街上车马络绎，家家栈房都是住得满满的。招待员四处拉客，请洗澡，请吃饭，请花酒，请打牌，那些被拉的便一扭一扭地不肯去，可始终还是去了。好忙的银钱号！好多的轿子！我的戏就是用这些材料做背景，和暴富娶妾的志士织成一片，命名叫《运动力》。这出戏分五幕，把当时一班活动的人物讥讽得一文不值，结果是乡下人起来，把鱼肉乡民的绅士的房子烧了，重新举出纯洁的代表励行村自治。

到底民国初年革命的空气虽然渐次腐化了，多少还有点清气。我演这个戏，也没有人阻止。许多议员都在台下拍手，回头又到后台来对我说："该骂的，该骂的！"只是后边一段有人说怕有社会主义的嫌疑，但是那个时候，我并不知道社会主义是什么。

我在这个戏里，演的是一个少年学生。我还记得我把吴惠仁平空举起来，他吓得什么似的，呱呱地乱叫。里头又有吃花酒一场，那几个装议员的朋友，叫了一个有名的厨子到后台，真的上四样菜，他们真吃一顿。几个女角就装着妓女，故意用白兰地硬灌他们，一幕演完，几个人都醉了！你说岂有此理不岂有此理？然而当时实在高兴极了！

文　社

我们在社会教育团演了没有多久，就和前台发生了意见。大家就主张独立，我也赞成，于是另组一社，我取个名字叫"文社"。雨人草的缘起；经济由都督府庶务黄君湘澄担任；财政厅杨德邻君，还有个很忠实的革命同志吴君守贞，都来赞助。还有帮忙的就是文君经纬。我们说干就干，马上成功，就只差没有相当地点，因此大家计议用府学宫，许多旧绅士听见这个消息，群起反对。我们不动声色，黄湘澄拨给我几个兵，仗胆子的又有文经纬，他说："他们有人阻挠，我们就杀人！"说着连夜打开府学宫的门，先把明伦堂的屋顶拆了，有人想反对，已经来不及了。我们如是又和工程处商量，借了些木料，连着七晚的夜工，把舞台造好。真快啊！真痛快啊！我们就在社会教育团那班先生们满街贴广告发传单，公然来反对我们的时候开台了！

第一个戏演的是《热泪》，第二个戏是《不如归》，第三个戏是《猛回头》，又翻了一翻《运动力》和《社会钟》。《热泪》和《不如归》真演得不错，《不如归》尤其好。可是生意不如在社会教育团的时候了。这有好几个原因：一因为社会教育团的那班人又在上海聘了开明社一班人来抵制，他们新到，我们抢不过他们；二来听说谭组庵先生有更换的消息，人心不安；三来府学宫到底不容易为民众所认识，而况且地方在北门，本来偏僻些。

黄湘澄始终是个健者。他把一切事情全交给我，丝毫不动地支持下去。有许多人去看过那边的戏，看着一个和尚一个筋斗翻在女子的裤下，因此对于我们的同情格外坚强，维持文社的心也就更进一步。

正演着戏，恰好遇见祀孔，县官来了没有乐舞，就商量让我们的军乐队吹一吹，军乐祀孔，却是头一次，看着觉得滑稽得很。

我在《不如归》里头，从浪子以至乳娘，什么都演过。在湖南却是马绛士饰演浪子（改译名康帼美），演得真好，人人说他一哭如鹤唳猿啼，不忍卒听。镜若饰武男，我尊饰片冈中将，张苏新饰中将夫人，惠仁饰姨妈，还有蒋苍松饰武男之母，评判很好。剧本本身却另外是个问题。

《热泪》的布景，比在日本的时候还要弄得好些。光线在那个时候，总算也还不错。田汉君那时来看过戏，我今年在他的自述里才知道的。可惜一张相片都没有留过。

我那时演的戏不多，他们看见我演《不如归》的乳娘，都说我演老太太好。可是不久我用《尤三姐》编了一出《鸳鸯剑》，我自饰尤三姐，大受欢迎。这是我取材于《红楼梦》的第一出戏。

我们当时的戏，不管好与不好，绝对遵守剧本，剧本不完全的戏，从来没演过。不过每天要换一个新戏，哪里有那许多剧本？于是我就主张演半个月停半个月。用半个月休息，以便从事研究。因此许多人看着我们非失败不可。也有人说我们没本事，比不上开明社那边排戏来得快而且滑稽有趣，我们却是取宁折不屈的态度，我始终坚持着没变，可是生意却一天不如一天。《鸳鸯剑》排出，生意有起色，而组庵离任了，汤贼芗铭衔袁世凯的命到了湖南。我所见他头一个德政，就是封文社，说我们是革命机关。

杨德邻、吴守贞、文经纬——枪毙，黄湘澄被押，我们大家一哄而散。我不得已回到乡下，镜若他们就与湘春园的汉调戏班合作，混了两个月，回了上海。我真对不起朋友，我应当同和他们在湘春园演的，我应当同他们回上海，可是我万不得已，先回了乡下，过了年才又赶到上海和大家重整旗鼓干起来。

春柳剧场

　　文社完了，镜若他们用了两个月的工夫，才弄了些钱回到上海。我一等过了年初五，就从浏阳乡下赶出来。过长沙的时候，到监里去见了一见湘澄。那时候有些湖南绅士正在趾高气扬地帮着汤芗铭杀人，我便急急忙忙到了上海。

　　镜若得了张静江、吴稚晖两先生的助力，租定了南京路外滩口谋得利戏馆，用春柳剧场的名义开演。但是团体还是用同志会的旧名。我到上海的时候，正在预备开幕，恰好头一天就被我赶上了。

　　这回春柳社人才颇多：生角方面加入的有郑鹧鸪（鹧鸪以后加入）、冯叔鸾、董天涯诸君；旦角方面有胡恨生、胡依仁、沈映霞、许频频等五六人；编剧和写文章方面有宋痴萍和张冥飞。痴萍以民党关系绝不能在汤芗铭的治下去办报，就只有逃在上海和我们混。冥飞也是一样，但是他们对于戏剧也实在是有兴趣。

　　冥飞名焘，字季鸿，长沙人，比我大五岁。他本是个不羁的青年，国学很好，天分也很高，下笔尤其敏捷。他在长沙常和痴萍在一处，有时同去吃花酒，报馆里催痴萍的稿子，痴萍酒带微醺，随手扯过一张局票，一面问来人还差多少字，一面提起笔来就写，连说带笑顷刻间写好交来人带去，接着又举杯痛饮，旁若无人。冥飞衔杯微笑，也不作声。恰好有人谈起要送人一篇寿序，座中一客举荐冥飞，冥飞略不推辞，接过缘起看了一遍，照样学痴萍扯张局票，信手乱画，不一刻书完好些张局票，数一数字，大致不差，便一声不响掷给那个人。大家惊奇，挤着一看，居然工整恰切，那个人便马上送润笔，不知是一百还是两百。冥飞接过钱来，就在那晚花个精光，还是一件破长衫，两袖清风地走回家去。

他的行动，大略类此，遇事都很高兴，又极健谈，谈合适了可以通宵不睡。尤其爱喝酒，连尽数十杯不算一回事。大约是酒喝多了，得着脚痛的病，以至于变成微跛，但是从没有谁叫他跛子，却有无数的人叫他疯子——他真跛，人不以为跛；不疯，大家以为疯。天才与狂者相差不过一间，但是冥飞之以疯得名，不在他的内容而在他的外表，他的动作表情，颇值得人叫他疯子。人说他是疯，他只能以疯自安，然而他的趣味也正在人家认为疯的一点，所以他尽管脱略一切绝没有人怪他。"疯"，就是他在朋友间注过册的商标，不认清他那商标上的图案，便不认识冥飞。

我第一次认识冥飞是在桂大哥家里。桂大哥就是唐桂良，冥飞是他介绍的。还记得那时候长沙城里兴坐响轿"三人拐"——三个人抬的轿，用软轿杠，中间那个轿夫别地方多半是用一条麻辫，抬着走的时候，脚步要平而细，轿子好比"走马"一般，丝毫不动。长沙不同，中间用的是横扁担，用绳系着两头，轿夫的脚步要一步一颠，颠得高，浪起得越大越好。在轿杠和轿子上的铁环相摩擦的地方，浇上一点石油，便因发涩而嘎嘎作响。颠得高，浪起得大，便响得格外厉害，坐轿的风头也便十分满足。尤其是轿夫，似乎比坐轿的更要不可一世，那时候坐轿子的威风，全在轿夫身上的。

不过坐那种轿子也要受些训练：如果你是内行，你便能随着轿子的波浪一上一下得很舒服，好似腾云驾雾一般。如果你不会坐，不是脚离轿板，便是头碰轿顶。遇见这种场合，那轿夫先生必定要说："请你老人家莫动。你老人家一动，我们就动不得了！"

还有一层，上轿要快，因为他们起肩实在快。你半鞠躬式地进轿，他们已经就上了肩，刚刚轿子上肩，你的屁股恰好碰着坐垫，那就最好。其次便是下轿的时候，轿子必然向后一抛，前头的轿夫尽力往后一送，平空退回五六尺，乡下人往往吓一大跳，就是城里人也要留这一下的神。

我何以要写这一篇坐轿的讲义？因为我头一次见冥飞正当他坐着响轿下轿的时候，那时我忽然见一乘特别响的轿子进门，以为不知道是哪位伟人的光临，回头一看，是一个穿大礼服戴高帽子瘦瘦矮矮的小伙子。他一下轿我就看见他的帽子扁了。他一手撑着一支司狄克，笑嘻嘻地走出轿来，下轿一面除了帽子，一抬头见着桂良仰天大笑。桂良问："你怎么会把帽子压扁了？"他说："它要扁我有什么法子？你来，我有一篇好文章。"说着昂着头，耸着肩，手往后一摊，轿向前一曲，脚下一颠一颠地就走向里面去了。自从这回见过面，一进到上海春柳才算真认识做了朋友。

我到上海的时候正好患了耳下腺炎的症，两腮肿得很高，我的衣服又极不入时，所以那新来的社员都当我绝不是能演戏的。镜若和我尊绝对非等我好了不开幕，许多人觉得奇怪。

那时候旦角里面如胡恨生、胡依仁、沈映霞都很漂亮，他们都认我做先生，不过始终不变的只有胡恨生。依仁以后干丝生意去了，映霞演了几年戏很有风头，以后结识一个女子，听说她让他不必再登台，他便收手了。

依仁风姿很好，可惜不能饰上流女子，他那种搔首弄姿之态和那一口纯粹的苏白，扮一个妓女或是大姐，真无人能出其右。他自己会拉胡琴，唱苏州小曲，因此引得许多人为他颠倒。有的请他吃饭，有的送给他衣服、首饰、化妆品之类，有的就在报上作诗替他鼓吹。起初还不觉得怎么样，以后便一步一步地显得肉麻起来，居然有一个姓陈的官僚带着几分酒在台下怪声叫好。

这种事在同志会当然是犯忌的，我们觉得非整顿不可。第一个怒恼了管小髭，他决意要打那姓陈的。姓陈的和我们都认识，而且是小髭的朋友，小髭以为他既能糟踏我们的会员，便是侮辱我们的团体，于是顿时和姓陈的绝交。我们大家一致赞成小髭的提议，准备和那姓陈的大闹。

姓陈的居然恐慌起来，在一个四川馆子里请客赔礼，又托我周旋，事算完了，他再也不敢来看戏。依仁呢，在一时也敷衍下去。他本来是个在丝店学徒出身的人，阅世很浅，我颇原谅他。不久他就离开同志会回到乡下去了，还记得有家人家接我们去演过戏，许多姑娘太太们再三烦依仁唱小曲。却不过，他便唱了几支，满座动容。如果他能够自爱，多用功，他可以成个人才，可惜回到乡下，不知怎么弄得面黄肌瘦，连小曲都不会唱了，就完了！

恨生在同志会的时候，已经会演一二出旧戏，会登跷，那时他也颇自负。他很诚实，从来不会和人打架，也不发丝毫脾气。可惜笨一点，也不大肯用功，所以一直到现在没有什么成就，这也是他自己辜负了一个好坯子。我敢断定他若是努力向上一点，他早已成大名了。

角色中演戏真有实力的要算绛士。他那演悲剧的天才，前面已经介绍过了，他在上海颇得许多人同情，尤其以《不如归》为脍炙人口，《礼会钟》《猛回头》《家庭恩怨记》《寄生花》等都各有各的好处。他的为人情感最丰富，有一次他演一个爱情戏，演到伤心晕倒的一段，居然一口气不来，死在台上。这种情形，在外国有些女优会这样，但是真讲做戏这是不相宜的。做戏最初要能忘我，拿剧中人的人格换去自己的人格谓之"容受"，仅有容受却又不行，在台上要处处觉得自己是剧中人，同时应当把自己的身体当一个傀儡，完全用自己的意识去运用去指挥这傀儡。只能容受不能运用便不能得深切的表演。戏本来是假的，做戏是要把假戏做成像真，如果在台上弄假成真，弄得真哭真笑便不成其为戏。所以有个法国名优演酒醉最得神，他偶然真带醉意登台，便减色了。绛士也不是不能运用，他往往把他的身世之感，家庭社会不如意的事一来就扯到戏台上去借题发挥，这是我当时就最不以为然的。

镜若在日本很久，他演戏变化很多，可是有人说他日本气息太重，这或者不免，可是他那真挚动人的地方殊不可及。我自投身剧界以来，再没有遇见过谁演小生有他那样雍容华贵，而肝胆照人的。论起他到底是素养不同。他在台上可以说一点俗气没有，一点过分的地方没有，这是多么难得啊！

我在春柳剧场，乱七八糟什么都演：有时演风流活泼的女子，就一直担任这类角色；有时饰泼妇，有时饰最坏最下流的女子，有时也演悲剧。无论是悲剧是喜剧，温婉凄凉一点的角色总是绛士，活泼激昂一些的角色总是我。我也替惠仁演过《家庭恩怨记》中的小桃红，镜若的父亲纬士先生看了之后，说不如惠仁，惠仁表得出卑贱，予倩始终不失高贵气，所以不如惠仁。从此以后镜若便不拿这一类的戏派我演。但是我总不服气，一定要演一个惠仁所不能演的贱人，便把许多下流女子的举动，一一记在心里，以后再演《恩怨记》都把它用上，再加上些花样。于是有一个报上骂我："予倩为学界中人，何以自贬而演此类角色？其饰小桃红也，烟视媚行居然一妓……"他这种批评当然出了戏剧范围以外，可是我以为我揣摩的苦心收了效果，非常得意。

人家说我的哭不如绛士，我便一方面揣摩绛士的哭，又自己努力去研究新哭法。可是绛士的嗓音天生悲苦，不假雕琢便自动人，加之他的身材面貌本来瘦弱，眉黛微颦，就如千愁万恨兜上心来。我呢，嗓音脆亮而甜，无论如何出不了绛士那种沙音，面目的表情还在其次。我为了练哭，当没人的时候，躲在张家花园的草地上用种种方法去哭，每回总是弄到气竭声嘶，胸口痛半天不能好。因为哭的时候，非用很大的力不可，不用力便哭不出来。最难的是一缕很细如游丝般地摇曳而出，缠绕在说白的当中，似续而断、似断而续的哭。这种比抽抽噎噎的啜泣为难。

我练过许久之后，便自己编一个悲剧，要镜若派我演，结果还不错。小髭当时说："绛士之哭如猿啼，予倩之哭如鹤唳。"我的哭究竟不如绛士。

我练笑也是在张家花园草地上。我的笑自问有些研究。笑也可以使胸口发痛。无论轻笑重哭，总要像摇银铃儿似的，一声一声要像一颗一颗的珠子滚出来才好。诀窍就在善用丹田气，气不能贯便笑不成声，气用得不匀，便笑得不能圆。

总之，无论为哭、为泣、为笑、为晒，与乎一切动作表情，绝非不用苦功所能做到，我天才有限，在舞台上一部分的成功，完全是由于笨干来的。

我偶然在一个戏《芳草怨》里面饰过一次老太婆。《芳草怨》里的老太婆是个有身份的。我本不想做，无奈轮到我头上，再也推不掉，我便拿着剧本自己揣摩，一来我就想起三个模范老太太：一个是我的祖母，一个是外祖母，一个是舅婆，当时我把这三位老太太的声音笑貌默想出来，三者合为一，便变了《芳草怨》里的那个老太太。先祖母和气迎祥而威严内蕴；先外祖母坐着挺直着腰板凛然不可犯，而即之也温；舅婆便慈祥温淑端庄而谦抑下人。我对于这几层或用动作或用语调都应用上了，结果大家都很满意。

说起演老太婆，我又想起两段，"苦心谈"来了：一个是汪优游，他能够用嘴唇包住牙说话——请试一试看，说一两句很容易，多说几句便很难——他无时无刻不对着镜练习，费了不少的时候，方始能运用自如。还有一个就是日本的秋田桂太郎，他因为要演老太婆，嫌自己的牙太好，便把上下门牙拔了，另镶假牙。这样比起来那剃眉毛的旦角，实在不算一回事。一艺之成，不用苦心是绝难成功的。

自从我演了这一次老旦之后，绛士主张我专演老旦，于是接连演了多次。《不如归》里面的乳娘之类的角色，我都演过了，但是看客不愿意我专演老旦。那时候孙菊仙常到我们那里来玩，他极力反对我演老旦。他唯一的理由是怕我演老旦弄坏了嗓子，将来不能唱青衣；其次就以为我演花旦比老旦好，且能得看客的欢迎，不如便专演花旦。我是什么都随便，样样我都想演。我认为那不过实地练习时期，多换几种角色演是对的。

我们在春柳剧场演戏，大家都没有定薪水的，有时候卖得进钱来，大家分几个零用，有时候，生意不好便一个钱都没有。一切都归镜若管理，他并不是首领，也没有特别的名义，事实上只有他担得起，便事事让他去干，对内对外全是他一个人。大家除了睡觉吃饭之外，不是学戏，便是演戏，既没有意见，也没有闲话，一年之中平平稳稳过去，而镜若身上却负上债了。

大家会员之中，没有一个不穷，衣服大半是破的，娱乐是丝毫没有。房子租在元昌里，两楼两底，全体会员几十个人一同住着，铺板靠铺板，挤得缝都没有，没有被褥的就两个人睡一铺。我那时因为保护喉咙早已戒了酒，十年之中，不过饮两三次，平常是沾滴不入口。烟是本来就不抽。有几个会员如痴萍、冥飞他们非抽烟不可，有烟的时候大家对着拼命抽，没钱买烟，便将一支烟剪成两段，一个人抽一半的事我也见过。

饭食每人四块钱一月包的，那个年月，比现在便宜一倍，可是菜真难吃。我是在日本中学校吃惯坏菜的，可是日本学校的菜虽然不好，总还干净，那种四元包饭又脏又是冷的，实在难于下咽。我有时也请请客，请的是几个铜板的黑萝卜，觉得美妙无比，同桌的人大家还很客气，不肯多伸筷子。

痴萍和冥飞也帮着演戏，夜晚才有工夫编戏，作说明书，他们往往弄得将近天亮才睡。晚上肚子饿，买几个铜子花生米，一百几十文酒，喝着，谈着，写着，上下古今，只有他们两个人的世界。直到如今他们除非不见面，见面必然还要提起当时，自鸣得意。

春柳的前台开销完全南静江借垫，周伯年、周佩箴两昆玉代表静江，和我们很相好。卖出来的钱，先顾住戏院的房租和电灯捐费等，有多便分配给演员。他们并不想赚钱，无奈一直生意都不大好，入不敷出，张先生时常还要贴几个。有一天晚上下雨，我演的是《茶花女》，台底下拢总只有三位来宾，我们见演员比观客多，便想要回戏——回戏就是停演退票。谁知那台下三位偏不答应，他们说："我们是诚心诚意从很远来的，你们只要得知己，何必要人多才演呢？"我们听了他们的话，顿时兴奋起来，急忙化装上台，演得比平常还要好得多。那三位之中有一位是一个广东宵夜馆的小老板，他看得得意，当晚便请我们到他们店里去吃晚饭，以后又连去了几次，居然成了朋友，我们便极力替他介绍生意，这里便发生一段小小的公案。

有一晚，我们正在那里宵夜，听见隔壁有女人说话，起初并没注意，以后听得一句一句都是在批评我们的戏。分明是两个人，说话的却只有一个。她带说带笑地谈个不休，而陆镜若、马绛士、欧阳予倩等的名字时时响到耳朵里来，仔细一听，原来在那里恭维我们，而且很对我们的境遇表同情。

听人家恭维戏演得好，谁不欢喜？何况正当不甚为社会上所认识的时候有人表同情，而表同情的又是一个女子，而她的苏州话又是那样漂亮！

当时倾耳细听，各人都拿眼睛示意，不觉得手中的杯箸一齐停了下来。过一会，她们先吃完先走，走我们门口经过，在楼梯前面略站一站，照一照楼梯旁边的镜子。你说这个时候谁肯不去偷看一看？

她恭维镜若很恰当，也很多，我们当时就推举镜若出去看一看是怎么样一个人。镜若还没有出去，我们已经从半截短门下面见着了她的脚，似乎是个很苗条的人。镜若把门向外一推，就觉得钗光一闪，在镜子里已经只见着她一半背影，好像有两线很强的光射了过来，一个长身玉立的美人搀着她的女佣缓缓下楼而去。第二晚就发现她在楼下第三排看戏，那晚我们的戏不知不觉地格外卖力。

戏完了，镜若又发起宵夜，好在那家菜馆可以欠账，乐得去吃。谁知她已经先在那里，因此我们知道她是有意，却猜不出为谁。

如此这般过了几天，见多如熟识，由相视而笑，便交谈起来，这才知道她是西藏路一个名妓陈寓。由此她每晚必来看戏，来看戏必带些糖果送镜若。

有一天她备了很精美的酒肴请我们到她那里去吃晚饭，大家无不欣然。实在我们那时候的生活太干枯了，这也是当然的兴奋，可是头一个反对的就是我。那时候演新戏的吊膀子轧姘头弄得名誉很糟，同志会的会员除了新加入的不甚知道而外，我们几个人从上海而湖南，从湖南而上海，从来没有到堂子里去胡闹过，所以我反对他们去和陈寓来往。那天晚上我和绛士都没去，只有小髭、我尊、痴萍、冥飞和镜若去了。但以后来往颇稀，小髭、我尊也怕镜若上当，常是跟着他，其实镜若他才真不会上当呢。

陈寓疏了以后，又有一个老太婆天天晚上来找镜若，外面就有马车等着他。有一晚我正和镜若从剧场走出来，那个老太婆又从铁扶梯后面钻出来向镜若劝驾。我一见大怒，长篇大套地说了那老太婆一顿，她丝毫不屈反过来倒骂我，急得我要去叫巡捕。这只怪我那时候太不明白上海的社会，不免大惊小怪，后来还是镜若劝几句，那老太婆才很失望地去了。去的时候她又笑嘻嘻地对着我说："少爷徐勿懂格，徐要慢慢交学学得来。"这可真把我气坏了。

第二晚剧场门口停着一辆汽车，上面坐着两个女子，见我走出去她们就乱叫我的名字，我也不理她们，跳上电车就走了。只听得她们纵声大笑，嚷道："阿木林，阿木林！哈哈哈哈！"不知怎样这件事传出去了，人家便都叫起我"阿木林"来。我每天除了演戏之外又是练武功又是唱二黄，抽空还要看看书，早晨不能不早起，夜晚便不能不早睡，想不做阿木林，岂可得哉？或者这正是我之所以为阿木林也未可知吧！

有一天，剧场的茶房送一个小木箱进来说是一个老头子送来的，另外还有一封信。一个粉色的信封，里面一封很工整的信，署名"稻香"，文辞婉丽，一往情深：首先称赞我的文才，其次称赞我的戏：说是看了我的表演，知道我是有心人，即日南归，没有法子能够相见，赠书一函聊表倾慕，末尾引白香山"同是天涯沦落人"之句，更进一步，以为只要相知，不必相见，而字里行间，好像不胜凄楚，措辞都极其大方。我反复展玩，不觉得心潮起伏，疑幻千端。看字迹看语气都可以知道是一个女子写的。她的境遇一定不好，她一定很不自由，或者是遇人不淑吧？

看她的信，知道她读过不少的旧书。她绝对不让我知道她是谁，更不愿随便和我相见。不愿呢，还是不能？她看了我的戏，有感于中，便写一封信，送一部书，表示她的意思。发乎情止乎礼义，在她以为再好没有。真是只要相知，便不必相见，是吗？

我那时虽然穷一点，绝不是天涯沦落。我无论遭遇什么不好，从不肯自命为沦落以显其颓废的美，就是走江湖跑码头演戏，也不觉得是流浪，就算安个名词叫流浪也很平常，没有什么特别了不得，何况还常有固定的住处呢？这层意思，恨不得和她去谈谈，可是我所担负的悲哀或者比她更多更重，有甚于天涯沦落，我痴想一会，又看那木箱盖上知道是一部旧小说，我赶出去想找那送信的老头子问个明白，他已经早走了，只见马路上烟尘滚滚车马往来！

春柳的名誉总算是很好，只可惜生意老不甚佳，有人说，戏的陈意过高，其实也不尽然，不过悲剧多于喜剧，而台词之中俗语不够，而文语太多，还有就是不用苏州话，不能普遍。就表演而言，似乎太整齐，虽处处近人情，切事理，而看客所要求的是过分的滑稽与意外的惊奇，这些在春柳都没有，同志会员也就不会。除这些原因之外，还有人以为最重要的一点就是演员不会交际：因为人家到剧场里来，不必一定看戏，而志在看人，当时有几个有名的女子，我们没有能够羁縻，也是为人所认为失败的。然而我们剧场虽陋，不专为商业也就不愿用任何手段去迁就观众。我们始终认定戏剧是神圣的，尤其演员要有人格，利用几个女子去吸引观众，便跟着胡闹，哪里还能谈戏剧？情愿不卖钱也不会自趋于下流。

同志会员的人格，当时颇有定评，所以许多文学之十，都愿意和我们往来。至于戏呢，翻译剧与自己新编的都有。春柳的戏有剧本是人人知道的，有剧本台词不至散漫，动作也有规矩。当时各家的文明戏，全爱用滑稽的男仆，把脸上画得怪形怪相，一条红辫子挠得很高，无论主人在那里谈什么重严的话，他总要从中打译，志在令观众发笑便不管合适不合适，把全剧的精神，全剧的空气都让这种无理取闹的丑角任情破坏而不加爱惜。这种现象在春柳剧场里，始终没有过。

春柳在初开幕的时候，信用很好，得有一班专看春柳的观众。后来因为天天要更换新戏，便不能不有所通融。因此读剧本排戏都来不及，只能将就不用剧本。谁知演来演去，戏越要得多，便感到供不应求，无论怎样的天才都觉得疲于应付。生意又一天不好一天。秋尽冬来，寒风刺骨，许多会员都不免有客子无衣之感。恰好遇着巴黎的古董生意不好，静江也没有多少钱垫出来，逼得不能不想卖些钱维持现状。当时《空谷兰》之类最是卖钱，我们便演《迦茵小传》《红礁画浆》一类的东西，究竟所谓穿插太少，终嫌冷淡。《红楼梦》的戏虽比较多些，又不能长演。至于《复活》《娜拉》一类的作品格外不行。到了罗掘俱穷，便只好步人家后尘，去请教通俗的弹词小说，以为家喻户晓的东西可以投人的嗜好，于是《天雨花》《凤双飞》都如此这般弄上台去。结果从前的观众裹足不前，而普通的观众没有新的认识也不肯光顾。到后来恢复庄严面孔万来不及，而胡闹又不能彻底，内部遂不期而呈解体的现象，闲话和吵嘴都在不免之列了。

我尊和民兴社主人苏石痴是朋友，石痴因为民兴少一个庄严派老生便极力拉我尊，我尊因种种关系，居然受了石痴的聘。

石痴，广东人，在法租界办民兴社，用男女合演并玩蛇变戏法号召看客。吴一笑就是那里的台柱（一笑以后在北边当了妓女）。我尊加入他们那里，胡闹不过他们，便不免有些受气。幸喜他和石痴是朋友，总算敷衍了一个月又回来了。

镜若是个最温和的人，从来不生气，也不说重话，他全凭感情联络会员，所以无论如何，人家感他的诚恳，绝不肯随便离开他去。就有什么口角，他来一劝就完了。我尊到民兴的时候，许多会员都很愤慨，他只是低头不语，他悄悄地对我尊说："我只怕你到那边弄不好！"过几天镜若和我同到民兴去看我尊的戏，戏完了，请我尊上小馆子，一面喝着酒，一面对他说："要是在民兴演得不舒服，还是我们老朋友一处玩玩吧。我们近来虽然不免胡闹，不过是偶然的，全体看起来还是不胡闹的多。"镜若的话是不错的，春柳的戏到底还有几出是很规矩的，我尊虽自命为随遇而安，到底在民兴还是干不下去。

春柳之所以失败，完全在二元主义。一面谈艺术，一面想卖钱，怎么弄得好？镜若也有不得已的苦衷，而我们那时候对于艺术的认识也太浅薄了。

民国三年冬，我得了家信，无论如何要我回家过旧历年，恰好正秋在石路天仙茶园所经营的新民社与张石川的民鸣社合并，我们便从偏僻的外滩，移到天仙开演。开演的那晚，演的是我的《大闹宁国府》，座客上下皆满，有许多新剧社的演员都来看我，我在那天晚上就认识了查天影。

《大闹宁国府》连演了两晚，演完我就回了湖南。天仙的经营者尤鸿卿，因见我能够号召，便竭力留我，坚约次年之聘，及至我过了年到上海，同志会仍然回到了谋得利戏馆，天仙不久也就改了市房。

我当时的脾气，好胜当然不免，而会员中之某某数人总想对我加以压抑，我不能忍，便和镜若、绛士、漫士、我尊等几个老朋友商量，想要把同志会改组。镜若颇不谓然，于是我以为镜若袒护他们，我心上那样想，口里却没有说出来，恰好尤鸿卿经营第一台，便由祥云（筱喜禄）介绍，又经林绍琴的敦劝，我便在第一台试演了一出《玉堂春》得了许多的赞美。那回朱素云饰王金龙，贵俊卿饰问官，极一时之俊选，也是很可纪念的。春柳在上海不能支持就要到外码头去演戏，就这个机会，第一台便来聘我。

有一天我在春柳后台，忘了为什么事和一个人吵架——是一个和我有意见的二路角色借事生风——我骂他，他便抽出放在旁边的指挥刀刺我。我本来微为有点气力，顺手夺过他的刀，一下把他摔倒在地下。谁知另外出了个人帮他。他乘势抱过五六个菜碗，用全力向我打来，幸而没中。我往外一退，抽根铁棍，正想还手，他的刀早已又举在手里。好在镜若从台上匆忙赶来，劝住了他，又有许多人来拦住了我。绛士那晚饰的是我的妹子，他正在台上叫姐姐，老不见有人出去，他便想个法子进来把我拉出去，我头发也乱了，花也掉了，衣服也皱了，满头大汗站在台上，气得话都说不出来，可是一转瞬之间就平复下去，戏仍然还是做得很好。

完了戏，我和镜若、绛士、我尊、小髭、痴萍等几个人都到那个宵夜馆去，镜若请客，他是专为平我的气。我主张要那几个人出会，镜若只是笑着劝，不从我的提议。他一面用在戏台上的语调向我赔不是。第二天他并没有具体的表示，只随便说了几句就是完了。我心里以为镜若对我只剩虚敷衍，我尊也说镜若是优柔寡断，到了这个时候，我便一声不响，受了第一台的聘没有跟同志会到别处去。我在第一台演唱，许多朋友都连定两个礼拜包厢，极捧场之能事。从此接连一个月生意很好，第一台还是留我，又加多一百元薪水，要我继续。

一来我会的旧戏还不很多，怕久了要出丑；二来初搭班子有许多不适意，到底舍不得春柳旧伴，所以坚决地辞了出来。不久同志会员从外埠回来，春柳剧场又借谋得利开演，我便编了一个三幕悲剧《神圣之爱》，和镜若、我尊、绛士四人合演，那个剧本自问颇过得去，演得也不错，尤其久不与镜若、绛士配演，重复相聚，觉得非常愉快。只可惜同志会内部越来越腐败，冥飞走了，小髭到湖北去，痴萍回了无锡，我尊仍然跟石痴在一处，除绛士、漫士、鸥鹄等数人而外，大部分都拿生活去包围镜若。镜若实在苦极而不能摆脱，又不愿改组，负累一身无从解决，我真难过极了。以后他们要到无锡去，我便没有去。

那年夏天，贵俊卿在北京有信约我去，我没有去。接着杭

州西湖舞台有人来聘，也是祥云介绍的，我以为好逛西湖便答应
了。及至到了那里，恰好镜若他们也在杭州，他们正演完戏要回
上海，彼此相见就在西湖游玩了好几天。镜若每天都在西泠印
社，翻译剧本，我和绛士就在旁边下围棋。那时他译完的有托尔
斯泰的《复活》、易卜生的Hedda Gabler和两个莫里哀的喜剧，
这些稿子，都不知道哪里去了。

　　我玩了几天，就轮到了要登台的日子，头一天不记得演的
是什么戏，到第三天，周君剑云要和我演《神圣之爱》，他说他
最欢喜的那个剧本。我和他本是朋友，不期在西湖相遇，他要想
演我的剧本，我答应，就和他演了。他的舞台技术比镜若自然不
及，所以这出戏不如在上海演得好。那晚镜若来到后台他没别的
话，只拉住我的手说："神圣之爱，神圣之爱！"第二天一清早
他就乘火车回上海去了。

　　他回去不到一个星期，我就得了信说他死了！

　　"神圣之爱，神圣之爱！"是他最后的一句话！

　　他死了，同志会完了。也可以说，同志会完了，他死了！

　　我生平的朋友只有他！我生平演戏的对手也只有他！

　　他没有丝毫对不住我，我觉得倒有许多对不住他的地方。他
死了，要想见他谢罪，来不及了！

　　我赶回上海，他已经被厝在一间会馆里，隔着棺材，任凭有
无穷的热泪，也没有半点流得到他的身上！我烧了《神圣之爱》
的剧本，可是他拉住我的手说"神圣之爱，神圣之爱"的声音，
永劫之后还在我的耳边铮铮地响着！

做职业俳优的时期

我在杭州西湖舞台演戏，毛韵珂君正在城站舞台演唱。有一天同桌吃饭就认识了他。他是上海新舞台有名的花旦（原来叫七盏灯），他与夏家分手以来，已经兼演老生——本来在新舞台的时候他在《新茶花》里演过小生。梆子花旦的嗓子，和二黄花旦不同，所以改老生比较容易。我在同志会时，曾经到新舞台去看过他的《新茶花》，我还记得起他把手插在裤子袋里扯四门唱西皮的光景，可是人家所称赞的是他扮西装女子。他平日最肯用功，丝毫不苟，所以很能得到不少的同情，同行中人也都很称赞他。

我又因毛韵珂认识了薛瑶卿先生，他是个唱昆腔旦角的，小名宝生，听说年轻的时候甚为漂亮，后来改唱二黄青衣，会的戏却不少，腔调全是南边味。他五十多岁还在登台，人人都知道他是个慈和的老人家，他扮一个慈和的老太太，可称绝妙。我自从认识他，不久便做了好朋友，我的昆曲大半是他教的。

在西湖同班的有常春恒，他演过我所排的《卧薪尝胆》，饰越王勾践，颇有声色。他那时候专演武生，此后他休息了几年，再出演时便一跃而享盛名，这也是很难得的。我在西湖，起初因为有我尊、剑云一班人，演过好些新戏，后来他们都走了，我便专演旧戏，《卧薪尝胆》是临走那几天才排的。

我那时候比较新颖的就是红楼戏，如《黛玉葬花》《宝蟾送酒》之类，都颇受欢迎。《葬花》是张冥飞和杨尘因两位老哥合编的，经我改过一次，演过之后，又改一次，便成了我前几年所演的那个样子。说起来可笑：有一天，我在四马路走着忽然肚子痛，就想出恭，恰好遇见冥飞，他说只有尘因家里最近，我就跟他同到尘因那里，一面出恭，一面谈话。在上海无论谁家，除非大阔洋房，没有厕所。大家都是用马桶。放马桶又没有一定的地方，不是门后，便是床后。我们当着熟人，往往随便出恭，不甚客气，尤其是江梦花，他常是把马桶放在客堂正中，许多戏迷朋友坐在他的四围，他议论风生的时候，便四围转过来转过去地载笑载言。有时他坐得特别久，也许哼着腔就把时间忘了。闲话少说，我在尘因家里去出恭，我们一面就谈起要编新戏，当时就决定编《葬花》，便你一句我一句地胡诌起来，第二本剧本成功了。

《葬花》第一次是陈祥云（筱喜禄）演宝玉，是在春柳当余兴演的，可以算是在上海第一次的古装戏。当时没有什么人注意，及至梅畹华第二次到上海，以新装号召，然后相习成风，盛极一时，这可以说是旧戏界一个大波澜，但是若论古装，在谁都没有试办之先，凌怜影、李悲世、汪优游他们，早已在新戏里兴过了，而且很华丽整齐，不过前面梳高髻，后面拖好像辫子的长发，裙上加椭圆形的短裙，那个装束，的确是畹华所创的。

我演《宝蟾送酒》，不穿所谓古装，我是穿褶子套长背心，束腰带，头上梳抓髻，花也戴得很素净。这个戏也是偶然排起来的。冯叔鸾在春柳排全本《夏金桂》，我饰的是宝蟾，叔鸾自饰薛蝌，镜若饰夏金桂，我觉得全剧没有多少意思，就取《送酒》一段编成一出短剧，里面有一段二六是叔鸾编的，可是以后我也没有用它。这出剧我演过之后，许多人模仿，只要是唱花旦的几乎没有谁不会，可是没有谁和我一样。当然好坏放在一边。有些女班子可演得太肉麻，有人说这是我的流毒。最可笑的有几个女伶，她们反说是："欧阳予倩的《送酒》学得不道地，完全不对的。"

《宝蟾送酒》这出戏，当然没有什么深的意义，也不过是一出普通的笑剧罢了。我从前在《莫里哀全集》里头读过一个剧本，日本译名为《奸妇之夫》，我在头一次演宝蟾的时候，就想到莫里哀这出戏，我也不是存心模仿，也没有丝毫用它的情节，可是我的戏完全是那个戏引出来的。我演过无数次，都是分抄的单片，或是口授给演小生暗记，从来没有过整个的剧本。外边所传，全是由于有些教戏的先生在看戏的时候记下来的，就是大东出版的《戏剧汇考》里面所载的，虽明明写着是我的剧本，可是和我的不同。就如《戏考》里面所载的《葬花》，也少一个头一场。

我历年来所编的二黄剧本很多，从来没有发表过，因为我没有想到把剧本给人看，我只求我能够在台上演。我并不想做剧作家，我只要做一个能胜任的演员。

我头一次在第一台搭班子，演的完全是旧戏，《玉堂春》《祭塔》，最受欢迎。我那时的嗓子真好，又高又亮又脆，又有长劲，所以禁得起累。那时候唱青衣的只要有十来出戏就能够搭班子了。我到了杭州，便除旧戏之外另编了些新的。各处的风气都变了，十余年来非有新作谁都不行，戏饭也不是容易吃的。

我在第一台虽然是下了海，在杭州是出码头搭班的头一次，职业伶人的滋味，觉得很不佳妙。初到的那一天，老板照例请吃一顿饭，叫作下马筵席。在席上所谈的无非是谁在那里卖钱谁不卖钱的话，其次便是商量一些关于戏目的事。他们很希望有些阔朋友来捧捧场，但是我在杭州可以说一个阔朋友都没有。照例伶人到了一个码头，总要去拜拜当地的绅士、报馆，和些江湖上的有力者，但是我绝对不肯干，我以为这是很可以不必的——以为值得一看就来看看，不值得一看便不来看算了。尤其是见着人说一声"请你多捧"，这句话我无论如何说不出口，这是老板最不高兴的。

我在杭州登台，生意只算平平，老板总算没有亏本，也就没有闲话，可是我一天一天觉得不痛快，总想要走。祥云是搭老了班子的，一切他都替我做主，他极力主张只要老板不下辞帖，便可一直干下去，我却越演越觉无味，急于要走，结果我还是没有演满两个月便离开了杭州。我以为勉强混饭吃是再没有那样乏味的。

我虽是每天守着个西湖，因为每天有戏，没有能够畅游，每逢斜风细雨的时候，我一个人徘徊湖上，对着那秀丽的湖水，含雾的远山，不知道哪里来许多的悲感？我自己总觉得我不是个平凡人，我又总觉我是个平凡人，说不出总觉得辜负了什么似的，于是我越发无聊——空自无聊罢了，写几句诗也不过是空话！我自信我意志很强，始终我还是很弱，不然为什么老找不出自己走的路？我的性格是天生矛盾得厉害。

我从杭州回到上海，仍住林绍琴家，身边除新置了几件行头之外，一个钱都不剩，东借西借过日子，每天只是读书学戏。祥云仍然是天天见面，彼此研究，林七爷也教我不少唱的方法。我从那时起，请了克秀山教花旦戏，如《浣花溪》《得意缘》《梅玉配》《双钉记》《乌笼院》《杀媳》之类，接二连三学得不少。那时我早就和贾璧云做了朋友，《乌龙院》的身段是他教给我的。我和他见面的时候很少，但是交情不错，我没有行头的时候，他很不吝惜地借给我，我至今还是很感激他。

那时替我拉胡琴的是张翰臣。他是个旗人，本姓恩，是个式微了的贵族，胡琴拉得不错，可是鸦片烟抽得很厉害，穷途潦倒，不仅是精神不振，而且往往有些恍惚，以后他和我分手，竟不知下落，听说他死了，谁也说不出他死在什么地方，总而言之是个可怜人罢了。

畹华第二次到上海，我在一家熟人的宴会上认识了他，他的戏我也看得比他头一次来的时候为多。我的嗓音，有一部分和他相像，人家以为我的戏是从畹华来的，这却不然。我的戏直接教过我的，第一个是陈祥云，其次江梦花，其次林绍琴（唱功得益较多的要算绍琴），还有便是克秀山、李紫仙、汤双凤、周福喜。李先生也是教我唱，周先生教我刀马和许多花旦戏；间接受影响的便有吴彩霞、梅畹华、贾碧云。我和彩霞相识颇早，以后又同过班，当然有些习染。畹华呢，我不知不觉有些儿和他相像的地方；碧云虽然是梆子花旦，我因为欢喜他这个人，便很注意去看他的戏，尤其他演的风情戏。

冯春航的戏我也很欢喜看，他真有不可及的地方，可是我始终没受过他的影响，这或者是性质不近，而最大的原因，是他不轻易用心做戏，我每每见他不高兴潦草完事，似乎不能引起注意。他个性很强，做戏要趁他的高兴。他不高兴的时候，尽管台下满堂，他的戏随随便便地就完了；尽管台下观客很少，他一高兴便演得比平时长得多，而且丝丝入扣。他的好处是没有过分的动作，没有故意的表情，没有粗鄙的词句，他能在轻淡之中把女孩儿的心事表现得很周到。至于他扮相之美丽，在他年轻的时候真不知颠倒过多少人！他一过三十岁渐渐地身体肥起来，上装的时候，特制一种束胸背心，用三四排纽扣束得紧紧的，然后穿行头，然而还不失其为美。以后他嗓音又塌了，唱不成声，他便不再登台，只看着不如他的许多后进，乱出风头，他越发消极，他的生活也就一天一天趋于穷困了。

我和他同过班，我也听见许多人谈及他许多有趣的事：第一他很能尊重他的艺术，他在钱上丝毫不会打算盘。本来艺术家会打算盘是不多见的，可是他的用钱都跟别人不同。他在三十岁以前，完全是拿用钱作为游戏。他在苏州演戏，置了一房很上等的木器，临走的时候，他要学拍卖好玩，便约齐一些同班的，三文不值两文，飞快地把一房家具奉送完结，卖下来的钱，请大家吃一顿了事。他自己不嫖，一时高兴请许多人同时去嫖，他却从旁看他们怎么嫖法。有人要求他请吃西餐，他一口应承，但是附带一个条件，要打三板屁股，一时居然有许多人情愿挨打，他便扯过一条板凳，一个一个地打着，围着看的人哄堂大笑，他也便得意忘形，大请其客。那些挨打的朋友，贪吃的固然有，愿意给他打一打的也很多，有人悄悄地说："看他才卸了装，手举着单刀那个样儿，就值得挨他几下！"

他诸如此类的事情很多。他到了三十岁以后，便没有那样不羁了。他很想干些事业，便发起伶人识字运动，独力办了间学校，虽然办得不十分久，却很有些成绩，从他的学校里出来的人，都能写信看报，他的功劳是不能埋没的，然而他因此损失了不少的金钱。这事本想从同行中捐募若干，到底杯水车薪无济于事，他便缩小范围，在自己家里邀集些同行或是同行的子弟，自己教他们读书，这是很难得的，他的生活却格外困难了。听说他的儿子快要成就，能继承他的衣钵，名父宜有佳儿。常言说："家贫出孝子"，春航之贫，正足以见春航。正因其贫，而使其子成就更大，这是大家所希望的。把本事传给儿子，是比把金钱传给儿子好得多呢。

我常常因春航想起许多演戏的。人家以为伶工是很好的职业，能够赚很多的钱，不错，伶工的薪金是比较别的职业高些，可是他们的开销也比较别的职业大。譬如赚一千元的角色，每月的正项开销总要在六百元以上，约计如左：

行头（平均）	二百元
胡琴	一百元
场面津贴	五十元
后台开销	十元
伙计	二十元
家用	一百五十元
应酬（平均）	一百元

零用并医药	六十元
教育费	三十元
合计	七百二十元

　　照上表所列，约计每月开销七百二十元，从千元中减去七百二十元，尚余二百八十元，宜乎不至亏空，但是往往还是入不敷出的多。何以呢？不省俭当然也是一个原因，意外的开销也实所难免。就行头一项而言，既是有点面子的角色，总要有些新行头，而且还要多换几套，才能保持住自己的面子，观众一面看戏，一面看行头，戏好行头不好，观客还是不如意。世风所尚，行头的华丽新鲜，在舞台上成了重要的条件。而且还有个心理：凡属是伶工谁不想往上？所以几百元的角色，非跟千元以上的角色竞争不可，上了千元的角色非跟数千元的角色竞争不可。不，无论你赚多少钱，站在一个台上，万不能让人说你寒酸。老板聘角色的时候，一定说："某人玩意儿怎么样，扮相怎么样，行头怎么样。"有些新进的伶工，自顾年轻有望，便借钱也要多置行头，无论如何，招牌要亮才好。彼此竞争，大家站在台上去比，行头费便很难预算了。即如刘筱衡，他每月薪金两千元，他为《头本开天辟地》便置了两千元以上的行头，在他的地位，也是非如此不可。

　　行头之外，往往还有些意外发生的支出，所以要一步一步谨慎俭约，才可以剩几个钱，不然便能够不拉亏空已经算好。而且最怕失业，如果搭两个月班子歇半年，那就糟了。有时生意不好，薪水往往为老板强迫打折扣，有势力的老板，便尽管生意好，也得每年借故打几回折扣，这是常有的事，都不在预算之内。

青年俳优谁肯平平常常地挨日子？事实上也绝不许这样。无论是在台上在台下，无论搭着班子没搭班子，非放开手放开脚步不能保持自己的地位，所以行头、场面、配角，以及外面的联络，无论花多少钱，都不能打算盘。实情如此，没有法子。只要随便放一放手，就得扯亏空，何况青年人免不了的是浪费？

上海有几个有钱的伶工，他们的钱是开戏馆遇着好机会赚了钱，再拿这个钱做别的买卖来的，专靠卖艺白手成家的实在不多。北平的伶工也有有钱的，他们却有一种特别的环境，只靠戏馆里的观众掏腰包是养不活的。大角色既如此，小角色便更不用说了，后台有一句话，说唱戏的是"金碗讨饭"，的确不错。

我自从做了职业的俳优，绝对不受家庭的接济，家里也实在没有力量能供我的用费。先祖虽然做了不少年的官，他是个儒者，从来没有把钱放在心上。他常说，他只有几千卷书留给子孙，这也就够使子孙不致仰而求人的了。我演戏尤其是瞒了家里，可是乡下人造我许多谣言，往往会传到祖母耳朵里去，曾经因此引起些风潮。祖母呢，无从直接骂我，只是很严重地责备我母亲，母亲对于儿子的择业，素无成见，我也毫不反顾，便一直干下去了。只是在上海穷得没有办法，把所有的东西，当得精光，生活还是无法维持。从杭州回来，东拼西凑地过了好几个月，恰好民鸣社要来聘我再演新戏，出的薪水照我演旧戏一样，这在新戏界是从来未有的。许多朋友都主张我去混混，我便答应了。那时上海新剧界的名角，如郑正秋、顾无为、查天影、汪优游、凌怜影、李悲世、钱化佛、张双宜等都荟萃在民鸣社，我进去，我尊也受了聘，还有任天知也和我在同一天登台，真可谓极一时之盛。平心而论，大家虽然不用剧本，戏也并不怎么坏，不过是一种Melodrama式的东西罢了。

在春柳是无论什么角色都没有名称，可是别家便有所谓什么派什么派的。无为是激烈派正生，正秋是言论派正生，还有所谓风流小生、风骚派、闺阁派、徐娘派种种旦角。我在春柳的后半期，也曾经演过很多不用剧本的戏，信口开河，我也算随便来得，但是遇着无为的激烈派，却把我支使糊涂了。有一次我演他的情人，我们在花园相会，他对台下发了一大篇的议论，引得台下的掌声真如雷震一般，他一段完了，他便背转身来对我说："我说完了，你说吧？"我实在僵了，一字也说不出，只好敷衍下了场。

有一次就是和天知同场，也是在花园讲恋爱，优游、天影两个是扮两个打岔的青年，正当我们在谈话的当口，他们伸出头来做一个怪相，台下极力欢迎他们的滑稽，满堂大笑。这样一来，可就把任先生的言论打断了。言论派的言论，不克展其所长，而滑稽的变化则层出不穷，于是天知大怒，忽然在握手密谈的时候跳了起来，手中舞动司狄克，奔走满台，他对我说道："姑娘，你们家里的狗怎么那样多？我非先打了狗再和你说话不可。"于是，正在装着嘤嘤啜泣的我，忍不住笑得没有法子收拾，只好转面内向，用手巾蒙住脸不再抬头。

还有一回排演《武松》；饰武松的就是我尊，优游演的是西门庆。《狮子楼》一场武松追杀西门庆——优游是海军学生，他体操很好，杠子、游泳、跳高都很轻捷，他当和武松格斗的时候，台上搭着高楼，约莫有五六尺高，他纵身一跳已经跨过了栏杆，跳下楼去。西门庆跳了，武松却拿着一把刀，徘徊瞻顾，不敢往下跳，大家都急得要命，已经要预备关幕了，我尊忽然把心一横跳下去了。优游见我尊不来，只好躺在台板上不动，及至我尊跳下去举刀要砍时，他笑着说："好了好了，就算我死了吧！"诸如此类笑话颇多，可是戏台底下的观众，毫不注意，手掌还是拍着。

那时民鸣社的戏，已经早由志士戏变了专讲情节的戏；这是必然之势。新舞台便由《新茶花》一类的戏趋重到侦探戏方面，那时连着几十本的侦探影片极其盛行，所以有这种模仿。侦探戏的演法是全靠化装和机关布景，新舞台对于这层有独得之秘，所以极其卖钱。

说到上海的舞台第一个大规模用布景的就是新舞台。夏月珊君昆玉思想走先了一步，便大赚其钱。他们的布景最初完全是仿效日本，他们派人到日本去，由市川左团次的介绍，聘了一个布景师和一个木匠，又照日本造了转台，因此演戏的形式也就跟着变了。他们的新戏虽然用锣鼓，却不注重在唱而在白话，正和现在广东所谓锣鼓白话戏是一样的味道。他们的办法，在当时真算一种大改革，现在上海有锣鼓的新戏，不，可以说中国有锣鼓的新戏（不是说话剧），直接间接没有不受新舞台的影响。然而谈到新舞台，不能不追溯王钟声、任天知他们昙花一现的春阳社。说到春阳社，又不能不追溯到东京的春柳。于是曾孝谷、李息霜一方面是最初的尝试者，也可以说是开派的两个人，而日本的藤泽浅二郎和左团次两位实在帮过些忙的。

春柳的戏直接模仿日本的"新派"戏，到陆镜若回国便由"新派"倾向到了坪内博士所办文艺协会的派头。但是同志会在上海在湖南所演的戏，十分之九都还是"新派"的样子。"新派"所采的是佳制戏well-made-play的方法不是近代剧的方法，所以说春柳的戏是比较整齐的Melodrama而不是我们现在所演的近代剧。当时镜若很想演《娜拉》和《野鸭》，我就很想演《复活》和《莎乐美》，我还请一个俄国女人教过几天七条围巾的跳舞，因为她要五块钱一点钟，我那时候太穷便半途而废了。我们只是想，想着就很高兴地对坐着说话，始终没有实现，一来是我们没有很坚强的决心；二来我们因为每天晚上要换新戏，弄得也实在没有工夫；三来有许多人反对，以为那样的东西太难懂了，演也是白演，怕费事不讨好。当然，十五年前的观众和现在是差得远，就是春柳所演的戏还嫌程度高了呢！我还发过一次疯想演Hedda Gabler，那种两根手枪一放的玩意儿，我实在欢喜，但是也没有成功，至于常演的许多戏，离不开是浪漫派的写法，Melodrama的方式，不过春柳顶糟的戏，也只是取材不好，或是演得草率些，剧中悲剧的场面，绝不至有无理的滑稽。就是衣装布景，尽管不十分华丽，绝不肯违背戏情。戏的分幕至多不过七幕，不用幕外，这是和一般不同的地方。

　　至于其他的文明新戏，虽然大体相似，精神完全不同。它是用日本"新派"的底子，加上中国旧戏的办法混和一处。分幕务求明显，所以不多用暗场，每幕之间又有幕外无理的滑稽异常之多，几乎每个戏里都有一个滑稽仆人，梳着一根红绳扎的小辫子，用铁丝藏在里面弄得弯弯曲曲翘在脑后，一出台便把头一点，那根辫子便在头上怪动起来，引得台下大笑。往往一家遭了惨祸，主人痛哭的时候，这种仆人出来一跳，或是怪哭几声，台底下悲悯的情感完全送到九霄云外，诸如此类，不一而足。这种地方，在民鸣社，虽不能完全革除，却是减少很多，以后连幕外也居然免了。

我在民鸣社，除演新戏而外，也偶然演两出旧戏，因为可资号召，便常派我演，以致视新戏几乎成了副业。这种办法，一时虽颇有效果，但始终还是于剧场不利，我在民鸣社觉得无甚意味，不久也就离开了。我仍然回到湖南，过了一向，瞒着家里把内人接到上海。

在梅白格路祥康里租了一楼一底，胡乱租了几件家具，就成立了小家庭。叔鸾的家，就在对门，他从前的夫人很帮助我们许多的事。夜晚我出去了，她怕韵秋寂寞，常常过来陪伴到很晚都不去。

我自从这回到上海，便又搭了第一台和周信芳、冯春航、吴彩霞同班，从此便正式做了旧戏的青衣花旦。这次在第一台，时候比较久，不大记得了，好像有半年；以后又回家乡一次，再到上海仍然到第一台，不久祥云约我到苏州，演了两个月，生意很不错，可是精神上极不痛快，我不知不觉趋于颓废。除却敷衍几出戏之外，专和一班怪人，饮食征逐，除掉吃，就是游山，发起牢骚来便胡乱哼几句打油腔。没有事便和人打两块一底的麻将，打不满四圈我又跑了，以后便没人肯和我打。有时到茶馆里去下下围棋，有时便一个人到留园假山背后去躲个半天。那时正是袁段纵横，政局昏暗，到了极点。我一天到晚只觉没有路走，消极的愤慨，变成无聊，一天天的日子无不是混过的。同班的人都觉得我的地位很好，看着有许多神经过敏的地方，便以为我有神经病。我那个时候的生活，只"穷"、"愁"两个字可以包括。

我所来往的所谓怪人有两种：一种是江湖上的朋友，一种是失意官僚。卖艺跑码头当然容易和江湖上的朋友接近，我也比较欢喜接近他们，有些地方我也很表同情于他们的生活。至于失意官僚，他们当我是世家子弟，风尘飘泊，一方面对我表些同情，另一方面是要借戏子来寄他的感慨；其次以为戏子跟和尚一样，游山找和尚谈谈，看戏找戏子谈谈，也不失为消遣之一法；还有一种人以为我是前清遗少，我的唱戏是被发佯狂之意，他们各凭自己的意思来找我，我时时听见许多有趣的议论，我也不过是笑笑。到这里我又想起几回趣事。

有一回，有一位先生请我吃船菜，同席还有许多客，船摇过一个庙，大家上去看和尚用血写的《华严经》。大家看完了，提起笔来就在上面题起字来，题得乱七八糟，莫名其妙。我看着实在难过，他们还要叫我也题，我不肯，我说我不会题，内中便有人以为我不甚识字，便回说："不会题诗题词不要紧，随便写个名字就是。"说着他便替我起个稿子，"某月某日伶欧阳予倩拜观"。还有一个人先奋勇要替我代题，我坚持不要，才算免了。回来的时候，我就说了几句挖苦话，又故意用几个僻典编几句打油腔去奚落一番，便将他们得罪了，从此不相往来。

还有一次，一个武官约我游西园，那里的和尚请他上楼看所藏的经卷，还有些字书，一件一件拿了出来，请他鉴赏。这位老爷连声赞好，他并不识字，和尚对他特别殷勤，放下一本，又取一本摊在他的面前，当时我很想看一看，我便伸手去翻了一翻，那和尚急忙从我手里夺了过去，放在柜里，连睬都不睬我，我这一气非同小可，又不便立时发作，好容易等到吃饭的时候，我在酒席上便打开了话箱。我本从来没有研究过内典，但正在那一向，曾经拿了些《佛道教经》《六祖坛经》《阿弥陀经》《四十二章经》《大乘启信论》《菜根谈》之类的佛书当小说翻过一下，当时我胡乱搬些出来，想去难一难那和尚，谁知他完全不理，一味只和那个武官大人长大人短地讲些替菩萨装金的话，我真失败了！

我在苏州借住在阊门外一家朋友家里。那间房子的后面，满是堂子，晚上吵自不在说，最可恶的每天早晨都有小妓女学唱，蒙蒙眬眬地听去，好像哭似的，所以我有"惭愧生平太萧瑟，朝朝和梦听吴讴"之句，那时候我真无味极了。

最后我又认识了几个文士之流，他们找着我谈谈，便左一首诗右一首诗地送给我。有时要我和韵，有时要我打诗钟，有时又要我题画，这些都是我不欢喜干的，勉强敷衍了几天，觉得总是烦闷，只想约满了我就快些跑。

恰好天影、优游、双云他们合办笑舞台，天影自己到苏州来约我，不久我便回到上海在笑舞台登台。

当时因为有些文士研究《红楼梦》，号称红学，所以红楼戏非常盛行。在上海除我之外演的人甚少，所以一演必然满座。因为要有一个适宜的小生，我便和天影结合起来，把《红楼梦》里面可以编戏的材料全给搜寻出来，随编随演，总共有《葬花》《焚稿》《补裘》《送酒》《馒头庵》《鸳鸯剑》《大闹宁国府》《凤姐泼醋》《鸳鸯剪发》等十出。笑舞台虽然是演新戏的戏馆，可是自从我到了那里，三天两日总要加演红楼戏，临时从外面去找锣鼓，租配角的衣服，虽然费点儿事，一来总是满堂，也就不在乎了。

那时候笑舞台的新戏，从来不用幕外，所以我所演的红楼戏，虽然是照二黄戏编的，却是照新戏分幕的方法来演，因为嫌旧戏的场子太碎，所以就把许多情节归纳在一幕来做，觉得紧凑些，而且好利用布景。双云为了我的戏特意做些新布景，譬如《葬花》，便特制潇湘馆景，很为幽雅：回廊下挂着鹦鹉，纱窗外隐隐翠竹浮青，偶一开窗，竹叶子伸进屋里来。我以后在其他的舞台演，都没有像这样的精美。《晴雯补裘》也是在笑舞台演得好，其他的地方一则没有那么许多旦角；二来不肯专为一出戏十分排练，所以不容易整齐。我的戏都非常之注意配角，每每一个很轻的角色都很关重要，而且我演戏，不专求我一人出风头，要注意整个的平均，在编戏的时候已经就是这样编就的，所以有许多戏不容易实现，勉强去演也是没有结果。即如《补裘》这种戏，换一个地方，换一班配角，便简直不行。不止《补裘》，还有些戏也是一样。

这回我在笑舞台，演戏上没有什么困难，演新戏，偶然也很整齐。如《韩姆列王子》（即哈姆雷特）、《杜司克》之类完全用西装演，布景也颇调和，表演也不过火。我们还用整套的日本布景，日本衣装演过《不如归》《乳姊妹》和《金色夜叉》。还有便是《空谷兰》《红礁画桨》《迦茵》一类的戏。只有《西太后》，我没有加入。

我在笑舞台演着戏，没有多久便有许多女人对我表示好意，我却无心去招惹她们。天影的女朋友颇不少，我便也直接间接认识了好几个。

那时候天影的名声很大，有些人说他的坏话，但是就我所知，和我亲眼所见，却不尽如外人所揣想。天影认识女人实在多，在现在看起来，也就没有什么。他所认识的女人以妓女为多，有几个人家的小姐也不过是像朋友来往罢了。那些妓女们很欢喜和天影一处玩，不仅是天影，她们对于有点名的演员都极欢迎。她们是做生意的，嫖客都是拿钱去买她们，当她们是货物，她们应酬嫖客，是一种不自然的举动，另外交个把男朋友，才觉得有点人的意味。这在龟奴看起来，是大逆不道，在花钱的老爷少爷们看起来，尤其是罪大恶极，不过就她们本身着想，这也没有什么了不得。这也有好几种的心理：一种专图好玩，她们专给人家消遣，也想找个把男人消消遣；其次就想嫁人，以为演戏的总比老爷们好些；第三种就是以为老爷们只会仗着金钱摆架子，演戏的可以做朋友；还有就是虚荣的念头，以为某某名角她能认得，名角与她有来往，这是面子；还有呢，是觉得和伶工来往有特别的兴味；还有就是戏迷，因为看了戏，就想和唱戏的来往。以后的几层，正和男人愿和伶工来往做朋友是一样，不过出之于异性，便为人所注意罢了。

最神妙的，一个男人认识多几个女人，便越有女人想认识他。她们会猜想："那个男人到底有什么好处？为什么有许多女人去欢喜他呢？"于是有的呢，以为他的艺术好便去看看戏；有的以为他做人好便辗转介绍和他去做朋友。即以天影而论，有些女人从来不认识他，偏要说："天影我认得，没有一点意思的人。"还有的说："天影和我好过的。"这不是很有趣吗？

有些女人见我从来不和她们鬼混，便起了猜疑，她们以为我不知怎样的风流儒雅，下台一看，才知道是个又笨又木的小伙子。

我实在没有工夫，和女人来往，闲也是要紧的，时常不见面，她也就没有兴味了。我每天练戏已经很忙，再加之要留些读书和休息的时间，所以便不能起居无节。交际和酬应，我是素来不惯的。其次讲交际，不仅要时间，而且要钱；天影认识许多女人，我只看见他一天到晚忙得什么似的，而且一天到晚当当。我正在离开了家庭求生活独立的时候，我哪里有许多闲工夫和闲钱拿去消费？天影所识的女子之中有一位很欢喜吃洋糖，天影常常一买就是好几块钱糖送给她，这也要算一笔大开销。他晚饭照例不在家里吃，一定在菜馆里，请的大致是女客，作陪的却十回之中有七回是我。往往女朋友请他也顺便请我。天影在那时有三种买卖和他最接近，便是酒馆、糖果店、裁缝。他万分不能过年的时候，还要设法当了旧衣去制一件新皮袍，我觉得太苦了。我生平以为衣服最足以桎梏人，所以不大讲究衣服，曾记得在春柳的时候，我穿的一件黄色团花袍，是用先祖父的箭衣改的，有人就称我为黄袍怪，我以为没有什么衣服我不能穿的。

本来旧戏的舞台是不让女人到后台的，这是一种迷信，现在内地还有一部分如此。我们在笑舞台时，便时时有女客光临，她们带着水果、糖果、各种点心和些玩具、鲜花到后台来送给我们，我们也就买些咖啡、可可之类的东西回敬她们。那时候演旦角的多半是留着长头发，所以外来的女客和扮上的女子，往往难于分辨。我们坐在一处，谈谈笑笑，毫没有什么拘束，倒也有趣。她们最喜欢拿她们的手巾和我们掉换，我常笑说："我们也结个手帕姊妹吧。"后台的木匠师傅很有趣，他替我们用布景片搭起一所小房子，里面有炕床，有桌椅，有茶具和痰盂之类。电灯师傅又特别替我们装上电灯，冷的时候还可以生起火炉。

这样的时日过得虽然不是甚久，有一个妓女便和我熟识了。她的衣裳我正好穿，她便时时勉强我穿她的衣服上台，久而久之就约到她家里去吃便饭。她纵酒佯狂，倒也很有个意思。

我也会连台吃花酒了，有两天也会睡到下午四点钟起床，也会把旧皮袍换个新面子。我这样干过两个月，我觉得万万不能继续，便以最坚决的态度再也不玩。还记得有一天晚上那女子站在我的房门外，我始终没开门，我隔着门把我的意思告诉她，我说不可彼此相误。那时候我完全是理智的，我决不能因为她的纠缠弄得许多的麻烦，她明白了，以后便没有见面。可是这种事情我生平只有过这一次。

我因为胡闹，每月用钱超过预算很多。那年除夕我实在窘极了，天影因为避债，在一家旅馆里开了一间房子，我也在那里，偏偏有人知道，有的送年礼，有的来请吃年饭，这些一一都要赏钱，但是我们一文不名，只得临时当当，无奈没有什么可当的了，便只有尽其所有，一举而空之。正在为难的时候，恰好苏州民兴社又来聘我，而且带了钱来，我们实在高兴极了！

我第二次到苏州，比第一次更受欢迎，演了两个月，但是一个钱没有剩。我还要接济人家，到了这个时候除了继续搭班，没有他法，所以民兴合约一满马上又受了笑舞台的聘。

二次笑舞台演完，便于民国七年春天进了九亩地新舞台，在新舞台演了一年半，便离开上海到了南通。自从杭州演戏，至到南通为止，在我们演戏生活中可以算一个段落。这许多年，我的生活独立问题总是和艺术的期望两下裹着，我受了镜若的影响，颇以唯美主义自命，我所演的戏无论新旧，大部分是爱情戏，这一半是因为自己角色的关系。我从来没有在台上演说过，也没有编过什么志士戏。我心目中所想的就是戏剧——舞台上的戏剧。我不信艺术能够在何种目的之下存在，这一层在当时便有许多人反对我。

笑舞台完全是由商人组织的，当时有一个商人要想垄断新剧界，他便组织一个公司，用非常手段把一班新剧演员笼络起来。所谓手段，总离不了金钱和洋奴势力两种，而后者居其大半。我们有几个人反对，很用了不少的力量，才好易脱离圈套。果然后来还有几个演员因为上了当，戏不能不演，而钱又还是拿不着，要想脱离，以至于挨打坐监。我们幸而免的，总算安稳过去，然而也就弄了不少的麻烦。

我从这种麻烦的范围里跳出来，不久便进了新舞台。我进新舞台不一定是为加了包银，我听见新舞台办得很好，以为可与有为，也是真的。我的几个老朋友对于我这个举动却不谓然，他们说新舞台的办事异常利害，有丝毫不对的地方，常会使人大大地下不去，所以便断定我不上第一个当，一定要上第二个当。不过就我所知道的，当时新舞台办事认真，唱戏的不容易在他们那里去闹脾气确是真的，要说待人十分不好却不见得。无论如何他们到底是唱戏的，尽管想赚钱，总比流氓开戏馆多少懂得点演员的苦处。

提起新舞台就要说到夏氏兄弟。他们兄弟四个，大的月恒唱开口跳出身；其次月珊，唱老生；其次月润、月华，都是武生，照他们的大排行算起来，月恒行二，月珊行三，月润行八，月华行九。在社会上人家叫起来就是老二老三老八老儿，这几个排行，似乎比他们自己的名字还要响些。

他们是安徽人，北边生长，哥儿四个，都长得魁梧凝重，孔武有力，而个个都是精明能干，不畏强御。当初在上海开戏馆，因为怕流氓捣乱，所以要联络几个比较大的流氓保镖，久而久之，保镖的流氓也就不免意存钳制，无论什么权利，他们总要先享，譬如，发薪水也要先尽他们，尽管生意不好，后台的薪水发不出，他们总得预支，因此引起后台的不平，然而没法儿对付。

夏月恒到上海的时候，才十八岁，刚巧遇见这种事情，好几个天津流氓正在楼上账房里吵闹，要支用预备发包银的钱。他便抽一把刀，拦着楼梯口一骂，专等那几个流氓下楼决斗。谁知那几个流氓是没有用的，竟不敢下楼，于是流氓的气大挫，而伶界的气大伸。从此以后，夏家几兄弟一直和流氓斗了十几年，总算替伶人争了口气，而外来无理的侵侮，也就一天一天减少了。这不仅在上海，在别处也是一样。从前在汉口，旦角上茶馆，必定要替流氓的头脑斟茶，夏家的团体到汉口首先就革除这个例，因此引起当地流氓的反感，生出许多的麻烦。可是夏氏一团，不屈不挠地设法应付，不想越应付麻烦越多。有一天流氓大头脑刘某，约夏月恒过江到武昌赴宴。他一想：去，免不了危险；不去，是万万不行。于是他们几弟兄和几个心腹朋友，计议妥帖，答应过江。到了第二天，大家结束停当一个个身藏暗器，月恒坐着轿子，几个兄弟和朋友们前后跟随着，一直到了约定的地方。那刘某估定他们决不敢去，不料他们竟去了，到底江湖上的人好汉爱好汉，不打不成相识，这样一来，大家反而做了朋友，这也是可资纪念的一件事。

还有我认为最了不得的，就是他们早已经感到了唱堂会是耻辱，所以他们在办丹桂戏冈的时候，就设法不应堂会。本来他们受过不少演堂会的委屈，所谓传差，官上一传就得去唱。夏家弟兄为免除这种传差也费过不少的精神。在宣统末年和民国初年，南京新舞台成立的时候，他们才算完全不演堂会戏了。不演堂会戏这件事虽然局外人看着很平常，在当时不要说是那些有势力的不能谅解，便是同行的人也以为绝了分赏钱的路，大家反对。这个弊习连革了好几次命，都还没有革掉。夏氏在当时的努力，实在可以佩服。而现在上海的堂会却一天一天盛行，对夏氏真不能无愧。

新舞台最初设在上海南市十六铺，以后才又改到城内九亩地的。南市新舞台是在中国第一个采用布景的新式舞台。他们改革的动机的确是受了王钟声等春阳社的影响。那时因为中国还没有人会制布景，所以夏月润自己到日本去，因市川左团次的周旋，聘了一个日本布景家，一个日本木匠回来，编些新戏，配上新景，使旧剧新剧化，开从来未有的新面目。南市本是一个冷淡地方，这样一来，忽然大为热闹。新舞台本身赚钱自不用说，夏氏弟兄、潘月樵、毛韵珂他们这几家，一转眼都腰缠数十万。他们最受欢迎的戏有《新茶花》《明末遗恨》《波兰亡国惨》之类。

当时种族观念正从国民间觉醒过来，这种戏恰合时好，如是潘月樵的议论，夏月珊的讽刺，名旦冯子和（原名小子和），毛韵珂（原名七盏灯），他们的新装、苏白，便成为一时无两。

辛亥革命，潘、夏诸人一齐加入工作，去攻打制造局。他们又组织救火会、义勇军之类，很能取得社会一般的信用，而伶人的人格也因以提高，新舞台本身的基础也就格外的巩固。

至于新舞台的戏，既不是新剧，又不是旧剧，但与其说是旧剧新演，不如说是新剧旧演。最可惜的因为布景赚了钱，便不甚注意到排演上去。新戏当然是不用剧本，唱功格律都放在第二三步，所以自从迁到九亩地之后，渐渐的台上的变化少，表演粗滥，唱功更不注意，只剩有滑稽和机关布景，在那里撑持。但是《就是我》一类由电影采取的侦探戏，还出了不少的风头。

我到新舞台的时候，他们都已暮气甚深。潘月樵自从民国元年担过一次司令的名义，他对于演戏已经很不热心，只想再去做官。他的二十万家财，都交结了蓝天尉和岑春煊两个人，每天只听得他说老帅长老帅短。夏月恒是早已经在浙江当缉私营的统带，他不大到后台，一来就只听得"二老爷，二老爷"的声音叫得震天价响。月润担任伶界联合会的会务，在外面交际很忙，晚上便开怀痛饮，所以也没有十分的丁夫去研究戏。月华常常多病，不大问事。只有月珊总理一切。论月珊的为人，要算他们弟兄里最沉着最能干的一个。他虽没有读过多少书，可是对于事理异常通达，待人也很能忠实不苟。他律己最严，丝毫没有嗜好，所以常轮到他说人，却轮不到人家说他。他城府颇深，办事极其精明，能勤能慎，而又有很强的决断力，与人相交，气味丝毫不俗，而管理事务井井有条。我对于夏三先生不能不表示敬意。可是我进新舞台的时候，他已经是没有丝毫奋斗的兴致，只存着当封翁得过且过的念头，每天除照例处理后台的事务外就是念佛。我也曾对他提出许多改革戏剧的办法，他只能说出许多难处，连尝试的勇气都没有了。

所以我在新舞台每天除演照例的戏外，没有什么事，就是排新戏我也不在意下。那种临时凑的新戏，除上下场加锣鼓，及布景的尺寸大些而外，一切都和笑舞台相差不远。

我每天颇有闲暇，便读书作诗，并补习些外国文；然而我所注重的是演戏，演我想演的戏。我总觉得虽然是挂头块牌的旦角，总没有丝毫表现长处的机会。最不好的是我每天都读几行新书，有几个日本朋友时时都介绍给我一些文艺批评和创作，这些东西，使我对于现状越发不满，而我烦闷的态度时时露于外表，因此有许多人说我有神经病。我每天到后台很觉得无聊，便学徐半梅的样，带一本书去。我曾经见半梅在笑舞台后台读完一部《红叶全集》，我很惭愧，读书没他那样敏捷，而新舞台的后台电灯也和我的眼睛一样不甚够亮。

我本来是近视，看近也可以说比人强，远一点的东西我便看不清。但是我时时刻刻都练习运用眼睛的方法，所以到台上显不出近视。我在新舞台有许多人包着厢来捧场，过几天一定来看我，见面头一句，一定问我看见他们没有，这不是冤枉吗？

像新舞台那样坐两千人以上的舞台，要我从台上看包厢，本来强人所难，但万想不到就是坐正厅的看客我也没法儿看得见。有一晚，我正出台的时候，有一个穿绿衣的女子靠台前走过，她朝台上一看，我也就不觉得看她一眼，她经我这一看，马上就站住了。

我因为她穿的绿衣，所以知道她是个女子，因为她戴着眼镜，眼镜的光在电灯下一闪，反光触动我的眼帘，不觉报之以一盼，她马上站住，这不是很有趣吗？

那时候时常有许多女人包围我。包厢看戏，当然很普通，每逢演完戏出来，常有些女子后面跟着。每天总要接几封情书。我因知识的欲望比性的欲望大，没有工夫去理会，而且那些女子，也不过想把男人当一个消遣品，我对她们实在没有发生恋爱之可能。何况我除自己的爱妻韵秋而外，再选不出适当的配偶。

有一次有一个朋友约我同到街上走走，一走就走到一家人家，一进门就有一个女子出来迎接。她引我进一间房，另外有一个姑娘在那里坐着。那女子人家都叫她T少奶，那姑娘人家都叫她S小姐。T少奶把我介绍给S，她的莲花妙舌在介绍词里极充分地表现出才能。她先述我的家世，这一定是我那朋友告诉她的；又称赞我的学问和我的艺术，再称赞我的人品。要不是打好腹稿，决没有那样的流畅罢。她说完就把我的朋友一拉到别间房里去了，留下我和S小姐相对而坐，彼此暂时无言，只有微笑。以后便谈了些演戏的事，她历举我许多戏，表示出出她都看过，又批评这个配角不好，那个配角不好，似乎她简直要开间舞台，专为我请齐配角演个痛快。说完她靠着床上，问我搽什么粉，用什么胭脂，戴的是什么花，梳头的是男人还是女人。说到正高兴的时候，忽然进来一个少年，穿着银灰花缎的皮袍，一字襟绿宽边的背心，白丝袜紫呢暖鞋，梳着和女人差不多的头发，面白唇红，眉目清秀，但免不了带着几分下流气。他一进门很温顺地坐在S的旁边，她很不高兴地对着他，说："你去吧！我没有工夫。"那少年不走，她就走出去了。T少奶跟着进来，介绍我和少年相见。我只觉得他身上香气一阵一阵地涌过来，我以为他比S小姐实在要漂亮些。

一会儿少年走了，T少奶和我谈起S的事，说她如何倾慕我，说着用手指着门外："刚才那个小孩，也算不错吧，可是她看不上眼。她是非你不可的。而且她很有两三万现货，全都带过来呢。"我听了她的话，丝毫没表示意见。她又说："你是个谨慎人，不轻易答应人，也不轻易抛弃人，这正是她选中你的地方。不错不错，你们多对几次眼光吧。有缘千里来相会，何必我来多说呢？"

这个时候S小姐和我的朋友进来，后头跟着一个老妈子手里端着水果。S笑眯眯地一瓣一瓣替我剥橘子，一颗一颗替我剥葡萄。她又故意坐得很远，叫我把果子递给她，我都照办。T少奶忽然问我："你们夫人去世差不多一年半了吧？"我因为她问得奇怪，不知道怎么回答。她又说："像你夫人那样聪明伶俐的人，怎样会掉在河里死了？真是想不到！"我说："没有。"她很惊讶的样子："呵……是的，是的！我糊涂了。那是另外一个欧阳的夫人。……你们夫人是上海人，死的那个是湖南人。"我说："不，我内人是湖南乡下人。"她说："嗬，是乡下人，怪不得你们夫妻不和睦。"我说："我们很和睦。"她看着我们的话谈不下去了，她便打好一口鸦片让我，我说从来不抽，她便自己抽起来。抽完了，她又拉着我的那个朋友跑到后背一间房里去了。S小姐斜靠在床上，她要我坐近她，把她的手给我握着，她眯着眼，不住地伸懒腰。电光从深红色的纱罩里透到她的脸上，微微地颤动，不一时她全身都颤动起来。这种情形，在她总算表现充分，但在我拿舞台上的研究做标准看起来，她造的空气还很不够浓厚。她对我说："我就欢喜人家拿我闹着玩，一个女人给一个男人拿来开玩笑，这是多么快乐的事呵！你天天扮女人，你不懂女人的心吗？"我那个时候正是一脑门子的易卜生，对于她的话，失了感受性。她说我不懂，我到底懂不懂呢？

T少奶一会儿拉着我的朋友进来，先在床后头略站。她对我的朋友说："我早说那个是对了眼光，这个说不定，坏在他多少有点学问，轧姘头是用不着学问的啊，哈哈哈！"

夜渐深了，我和我的朋友起身告辞，走近大门，有一间房门偶然开了，里面坐着许多不三不四的男人，我的朋友告诉我说那都是在T少奶支配之下的。怪哉天下蠢材之多！

我觉得天底下的事，再没有比演一出好戏更快乐的。每当前面一出戏演过之后，台下人声，嘈杂起来，大家都做看下一出的准备。我们化好装，等在后台，心里有说不出的不安，说一定怕什么，绝不是的。凡属一个自爱的伶人，当然认定舞台是他生命的归宿地，他的生命的表现只在登台的短时间里，如果在台上有丝毫错误，全剧就受了影响，他的生命就无从表现，自己的地位，就会摇动。这是就私而言；反过来说，观众费了金钱和时间来看戏，若是演得不好，便对不起他们。所以在登台的时候，必定要有充分的注意力，一上台便要把全生命都灌注在那里。我们往往演一个短戏，下台的时候觉得十分疲倦，这不是局外人所能想得到的。

常言说得好，"一分精神一分事"，一些儿不错，要演好戏必定要有精神。所以说："演剧是身体的艺术"，身体不好是不能演戏的。

在人声嘈杂之中，走出台去，上下一静，一举一动都为人所注意，演到情节最紧张的地方，差不多台底下的呼吸都听得见，这比全场喝彩还要有趣。

要台下注意，当然有许多方法，用法律，或是警告去让人静听不过是片面的，最要紧的是台上的呼吸调和。要求台上呼吸调和，便不仅是照顾对手的角色就够，一定要照顾全场，而对手角色的动作，尤其处处都要使之与自己的动作相应答而组织成一种自然的谐和。这种谐和，不容易得到，只要一得到了这种谐和，那真是舒服。音乐没有这样的风韵，美酒没有这样的香醇，好比春风微雨精室温衾之中，做一个极甜酣的梦，满身的骨节毛窍都含着美妙的韵律。一到演完带着陶醉后的疲倦回家，台上的情景，和着化妆品的余香轻轻浮泛，这种深纯的安慰，当然不自外求。但是这样美妙和谐，十次之中也不过得到一次二次，遇着舞台不好，配搭不全，装置不合，或是排练不熟，音乐不和，往往百次之中得不到一次。而且那些粗俗的演员，只听到台下喝彩，洋洋得意，决不能寻求到情感深处，寄托自己的生命。演一世的戏，不懂得谐和之美的，不知凡几。只要一经懂得，追求的心，必定很切，所以在我这种戏迷，一天到晚，只知道戏，对于性的扰乱，无谓的和人周旋，都觉得毫无意思，非但没有意思，而且极其烦厌。我看见他们那些为了几个下流女人一天到晚惶惶然不知所措的，真是莫名其妙。

新舞台的戏专注重布景的变化，表演道白只求快捷滑稽，细腻慰贴，一概不讲。什么叫呼吸，什么叫调和，更不在心上。我起初有些不惯，后来我也学乖了，跟着锣鼓上场，跟着锣鼓下场，倒也颇为省事。唱的时候颇少，道白的时候比较多。就以道白而论，有工夫便说长点，没有工夫便说短点，一以布景时间长短或是第二场的人换装的快慢为标准，后台叫一声"马前"，我们便快快地下场；叫一声"马后"，便把话拉长，拉长再不够，便叫起板来唱几句，词儿都是临时编起来。这若不先在舞台上干熟了的颇不容易。照后台的术语，能够临机应变的叫作"活口"，不能的叫作"死口"。起初他们怕我是死口，以后看见我也能随意胡扯，他们都很欢喜，说："想不到你是活口！"最有趣的是赶排的戏。往往锣鼓打错，唱戏的也只好跟着走。譬如你预备唱倒板，他跟你打摇板，或是打慢板，预备唱慢板给你打成摇板之类，这种事数见不鲜。因为临时改锣鼓，会被台下发觉错误，所以唱的人只好将就敷衍过去。有一回有一个人扮一个老头子，嫁女，本应该是唱上，场面打成念上，他只好念两句。但是一时想不起什么词句好，他只好借用别的戏里"花烛亮堂堂，打扮做新郎"两句。第一句念出口，他忽然转念："今天是嫁女怎样好念打扮做新郎呢？"他这样一想，下句再也念不出来，其实念一句"打点嫁姑娘"岂不好吗？造就所谓"当场一字难"，他始终没念出来，只听得他接一句"呵哇呵哇呵哇"，笑得满台的人个个都抬不起头来。还有一次，一个花旦预备上去念两句："小姐得病症，叫我常挂心。"谁知胡琴响了，他只好改成唱。

他刚开口，忽然想到五个字不好唱，他便想改一改，但是刹那间没有办法，他只唱出"我小姐"三个字，接着莫名其妙地唱出"自那日"三个字。越唱越不对，结果唱成："我小姐自那日在花园一时间得下了不治的冤孽病症。"后台的人都奇怪起来，便有一个人在幕后叫了一声："好长的句子。"他越发慌了，下句便只唱出三个字来，"何日好？"这样一来害得那个唱小生的笑得走不出去。戏是这样演法，你想还有好戏没有？不过习惯已成，积重难返，主持的人没有改弦更张的勇气，大家又说要这样才能卖钱，虽有智者亦莫如之何？加之事实上也往往给主张改革的人以打击，有排一个月郑重出演的戏毫不卖钱，而排三天的《济公活佛》却有挤不开的人看。试问还是暂维生计呢，还是犯大不韪坚持自己的主张呢？

新舞台当时的营业方法，是不用包银十分大的角色，只靠新戏维持。然而同我一天登台的有武生何月山。他从北边到上海，不过赚三几百块钱，一出《塔子沟》，打真刀真枪后，他就大红而特红。他所靠的是气力长，手脚灵，便真刀真枪打起来，看上去间不容发的危险。他又把从前绿营许多武技加进戏里，人家很觉新鲜，所以大卖其钱。还有他唱《长坂坡》，一场连着五个鹞子翻身，又能一条腿丝毫不动地站半天。唱起来气异常之长，一腔转几十个弯不换气，就这几项本事，登时月薪从几百元涨到两千元以上。当那时他真是英雄年少，哪个不抢着要他？班主抢着要聘，上海的女人抢着要妍，真是花团锦簇，盛极一时。可是不久他的气力减退了。真刀长枪太快的地方渐渐不能应付，一条腿站住有些摇动，长腔使不到头。起初以为是偶然的事，以后不免就成了症候。他在新舞台头一天登台，就哑得一字不出，他马上就要退钱不干，夏三老板到底是内行老板，他极力地安慰他，留他养息，过了一向，他虽然好些，始终没恢复从前的原状。他自己烦闷，没有干长下去，出了新舞台没有多久，他就从繁华的上海解脱去了。

月山出了新舞台，后台也就改组。凡属一百元以上的演员都做股东与前台合作。我在这个时候把优游、半梅介绍进去，天影是原来就和我在一处的。

半梅因为不愿搭班，没多久他就专门写小说去了。优游从那回进去，一直到新舞台停业，他没有离开。民国七八年之间，文明新戏已经由极盛转入衰败。民鸣解散，正秋他们到了汉口。优游从笑舞台而汉口，而民兴社也就很难支持，因此受了新舞台之聘，因此而上海新戏界更形冷落了。

优游到新舞台，起初把《空谷兰》重演，生意不错。优游饰柔云，本是一时无两的杰作，我饰纫珠。我和优游两个都有相当的气力。我进过陆军式的中学，他是海军出身，我们演柔云和纫珠抢药相打的一场，互相扭住大滚满台，台下闹哄哄地拍手叫好，我们也以此为笑乐。潘月樵饰兰荪男爵，态度不错，可是我最怕的是后面团圆一场，他拉住我两只手叫一声妻，妻字一出口，唾沫好似毛毛雨一般飞了过来。

新舞台是以西装戏著名的，个个人都有几套西装。优游也排了几本西装戏，如《拿破仑趣史》之类。这种戏最要有忍耐的就是旦角戏既长，场子又多。在北风怒号，冰雪满途的夜里，在新舞台那种深大空敞的后台，我们穿着袒胸露臂的西装，站在布景后面等候上场的时候，那真变了"冰肌玉骨"，若不是极力支撑，就几乎不能上场。可是上场以后，却也不觉甚冷，因为注意力的集中，下意识的作用，可以增加忍耐的力量，不过有时静默太久，头一句台词往往嘴唇的活动不甚自由。俗语有说："冻不死的花旦，热不死的花脸。"旦角再没有比穿西装更冷的吧。花脸在热天穿上棉袄，当然更不好受。还有靠把武生，他一样要穿胖袄（一种棉半背），大热天扎着靠，戴起很重的盔头，做种种激烈的动作，我以为比冷还难过。就是唱花旦的热天演《醉酒》一类的戏，也就够受的了。

我在新舞台演戏没有什么成绩。人家都说在新舞台演戏功夫要退步，在某一点上看起来的确不错。尤其是武功，因为不甚注重武戏；其次就是唱功，慢板是从来都唱得很少的——短出的戏，偶然唱一唱，平素多半束之高阁。专靠演旧戏吃饭的角色，不很愿意搭新舞台，这也是一个原因。我呢，演自己的戏的时候很少，不过生活却颇安定。两夫妇租一所一楼一底的房屋住起来，每天还有些工夫读书、练戏，闲时还可以到郊外去玩玩，不过这种安定的生活不是我所能满意的。可巧有一个同乡人介绍我到南通去演义务戏，我听见南通是中国的模范县，所以很想去玩玩，于是便请了几天假去演了四天戏，因此认识了张季直先生。

当这个时候，张敬尧正在湖南作恶，凡属与民党有一点关系的人都避陷害，而他的兄弟张敬汤尤其擅作威福，所以害湖南者无所不用其极。于是各县各乡的志士都想起而驱此恶贼，民军四起。先外祖刘艮生先生为当局所疑，不能安居，动身来到上海舍弟俭叔，在乡下想起民军，为官迷的戚友到省城去告密，下令查拿，一面要封我们住屋，遂使先祖母和家母不得不避到乡下，带着我的小侄儿住在一个佃户家里。舍弟连夜逃走，母亲于月黑风高的半夜送他过一座山，当时的凄苦如今还留着创痕。舍弟到了上海，几个有关系的亲戚也来了，我住的一楼一底，一时人满。而先祖母和母亲又不能在乡间久避，只好一齐接到上海。我妻韵秋，只好立刻赶回湖南去接，这样一来，我便十分困难。正在韵秋离沪后两三日，忽然所有的行头衣服全被佣人偷去当了。我身上没有一个钱，弟弟病在床上，亲戚们也都生病。有一天晚上，我一看厨下没有柴米，第二天就要断炊，想找点什么去当，谁知打开抽斗一看，早已被人席卷一空。我只好姑且脱下身上的马褂，敷衍了一天的伙食。那几天四处去借钱自不用说，可是寄出的信一封都没有回信，去见人也没有着落，真是越急越没有办法，最后还是向夏三老板想了点法子，才过了急难。一面再设法请侦探，寻找行头，谁知侦探刚请好，报了巡捕房，那个佣人又把当票寄回给了我，反白花了数十元去谢侦探。幸喜祖母和母亲到沪都很平安，不过从此后把湖南的大家庭生活移到了上海。

正另外租好房子，打在上海长住的主意，忽然南通派人来约我，说是张四先生想起一个科班，还要造一间戏馆。于是我写了一封信回张季直，把我想办演剧学校的计划告诉他。他回信一切同意，并说曾托熊秉三在北京招了一班学生，于是我便也答应到南通去。

我辞了新舞台的朋友，先到北京去看学生，看过之后，甄别了一下，先派人送回南边。就着有工夫，我便偕同张氏的心腹人薛秉初，由北京而奉天，而朝鲜，到日本去走了一趟。秉初因为在日本不惯，住三天就回来了。我原意是要就这个时候考查一下日本戏剧界的情形，我去访问了在上海认识的画家石井柏亭氏。又因小山内薫氏的介绍，参观帝国剧场，还看了一天大阪最有名的傀儡戏。本想多参观些地方，不想生起病来，在病院里住了一个月，什么都没做，一出院就赶回了上海。

我二十几岁才出疹子，出的时候几乎死了。在未出疹子之先，我一只手能举八十斤的铁锚掷出去；又能转动五百余斤的方石，推到十几丈以外，再推回来；腿向后一弯，在脚跟上站得起一个大人。自从一出麻疹，什么气力都没有了，瘫软在椅子上，经过三个月才好。好了之后，每年到夏天就要发软不能走动。这回到日本正当夏天，在北京又有许多的应酬。天气太热，火车的路线又太长，受了暑热的结果，一到日本，就又完全瘫软了。同时还发生几种炎症，越发没有办法，只好入院。

在病院里头并没有一个人来看我，因为朋友们都不知道，等到有人知道我已经差不多出院了。幸喜一个看护妇还不错，她替我找了一个人，买了不少的书。我每天只是睡着，远远听见弹琴的声音，我就想起舞台上的生活。想去看戏，却又动不得。只有读书，读了就睡，睡醒了又读。读完了一册《复活》，一册《卡尔曼》，一册嚣俄著的《哀史》，还有两册卢梭的《忏悔录》，两册社会主义的书，又零零碎碎东翻西翻看了些短篇小说。这些书里没有一个写病人心理的，我便伏在床上写了一篇日记，曾经在南通的报上登载过一半，如今也不知稿子在哪里去了。

我从日本回到上海，病也完全好了，便退了上海的房子，全家搬到南通，而我的生活又为之一变。

在南通住了三年

我到南通住了三年，本抱有志愿，不料一无成就。人家个个看我是幸运。但我物质上既无所得，精神上的损失，真是说不出来。

张季直四先生待我不错，在朋友的情分上，我觉得甚为可感。不过思想相去太远，他到底不失为状元绅士，我始终不过是一个学生罢了。

四先生能够给我以相当的待遇，其他的绅士们，当然也会另眼相看。我在那里也就认识了不少的朋友。酬应之间，赋诗饮酒，如果安排浮沉自适呢，这种光阴也不错，无奈人家所给我的，都不是我所需要的，我便只觉得烦闷，从来没有什么快乐。

我所同事的人很少有一个和我合适。漫说是思想不相容，就是知识之相去亦复太远，所以无论什么事绝没有法子谈到一块儿来，结果"脾气古怪""心地狭窄""骄傲"这几种批评，就自然而然地加在我的头上来了，我实在没有法子，只有孤立在他们当中。

我到南通的目的，是想借机会养成一班比较有知识的演员，去代替无知识的演员。我又想在演剧学生能用的时候，便组织江湖班似的流动团体，四处去表演自己编的戏。其次我想用种种方法，把二黄戏彻底改造一下。关于这几层，我曾经演说过好几次，又做过好几篇文章，在当时的环境里可以说是毫无影响。本来在南通人的意思，只希望我在那里唱唱戏罢了。

我一到南通就在西公园的旧剧场里演戏。同时新的"更俗剧场"也就开工建筑，伶工学社的学生也开了学。

西公园的舞台当然是很简陋的。在那里不过随便演些旧戏，却是为卖钱起见也排几出新的，可以满意的是绝对没有。

我从上海到南通的时候，我和天影闹翻了，后来经薛秉初调停，仍复同去。秉初和天影气味极相投，秉初任前台经理，天影便任后台总管事，我虽没有担什么名义，然而在事实上被张氏付托，两方有过问之权，他们有事也来问我，我的意见却不幸从没有和他们相合过。我虽然住在上海有好几年，但不幸没有深入四马路的下层做过工作，未免不合时宜罢？有一桩最有趣的事：秉初说《血手印》可以卖钱，要我演那个戏，我在新舞台本来演过，我又有的是西装衣服，又何必不演？只是附带有个条件就是戏要由我编过，布景要新制。编过剧本当然不成问题，布景新制就办不到。有牢监一场，临时才知道牢监景没有，秉初定要叫我和《起解》《六月雪》一样，放张椅子当牢监。这我当然不肯，因此大闹一场。戏上的事他不懂没有法子，试问穿着西装做旧戏身段是什么滋味？可是他会来勉强你，其他可以想见。

伶工学社的学生，大半都是些贫民子弟。伶工学社的办法第一是要求他们能读书识字，所以我聘请有比较好的国文教师，而且对于社会常识都很注意。我把一切科班的方法打破，完全照学校的组织，用另外一种方法教授学生。那时候照秉初和天影的意见，或者迎合一般的环境，较为切近事实也未可知，但是我有牢不可破的主张，所以他们也不愿意踏进伶工学社的门。

我在校内写了有几个信条，张贴在各处，第一条开宗明义就说："伶工学社是为社会效力之艺术团体，不是私家歌僮养习所。"第二条说："伶工学社是要造就改革戏剧的演员，不是科班。"这本来是很平常的话，不过在当时只落得人家几声冷笑。

我不愿意我们的学生什么都不懂，所以买了许多新杂志和新小说等奖励他们看，如《新青年》《新潮》《建设》等都抽空去讲解些。可是徒劳了，学生的年龄太小，知识太幼稚，没有办法。加之那班教戏的先生，一天到晚都是勉励他们赶快学出来好拿大包银，这种种话比我所说的什么话都有力量。

我当伶工学社的主任，本定有一百元的月薪，可是从来没拿过，因为经费不充就贴在学校用了。因为张敬尧在湖南作恶，祖母和母亲不能在故乡安居，便全家都到了南通，我不能不生活，只有每天还是演着戏。这可以说我不彻底的地方。不过我不演不容易维持剧场，何况伶工学社的经费一部分是要靠剧场的收入？我虽然唱戏拿包银，但是比较在上海拿得少。本来出外码头（从上海到他埠谓之出外码头）无论谁都要加钱的，可是我非但不加，而且自愿减少。我以为要是这样才可以表示态度，表示我所为的是要替我剧界做一点儿事，不是为包银。只要戏演得好，生活勉强过得去就是了，不必千方百计替自己鼓吹去求加包银。这层意思，我尤其想让伶工学生明白。可是在后台的人另外有一种解释：有人说我是故意这样做，故意自己压低薪水，使大家不好说要加薪，有人并以为我暗中可以从张氏得津贴。

有人对季直说："人家的科班三个月可以出戏，伶工学社几时能够有戏看呢？"我便说："科班是用火逼花开的办法。若要办科班，找欧阳予倩便是大误。"

有人当季直的面问我："学生国文的钟点不太多吗？"我说："我还嫌太少。"季直接着说："要他们学成你那一样的程度当然不容易。"我不高兴便说："我不愿意他们像我这样没出息，何况他们比我还差得远！"

更俗剧场新建筑落成了，舞台的图样本是我审定的。造了一小半的时候有小小的更动，我大不以为然，但是许多人都请不要提起，我也就只好不说。落成之后觉得很拢音，在楼上、楼下最后一排都听得很清楚，而且比上海的大舞台第一台天蟾之类的舞台哪一个都适用。不过改动的一点始终觉得不好。

剧场管理规则完全是我一手拟定的，那时剧场秩序之好，恐怕通中国没有第二家。坐位依一定的号码，场内不售食物，看客不吐痰，不吃瓜子。有吐痰的马上有人拿毛巾替他擦干净，有自己带着瓜子进来的，有人马上替他拾起吐下的皮。无券看白戏的绝对没有。后台的演员绝对不到前台坐着看戏。招待员常穿着制服很严肃地站在门口。开幕之先一个个坐位都有人检查，演毕马上就将地板洗过。

后台从来没有喧哗，门帘口没有人站着看戏，墙上绝没有人写字，地板每天洗一次，地下也强制地没有人吐痰。后台所有的人都有一定的坐位，不至乱杂无章。从来旧剧演员排新戏照例不到，但是在更俗剧场没有不到的。别的虽没有好处，总算清洁整齐，比别的后台略为看得过些。

以上所说的许多琐碎事，在现在的新式剧场里当然是毫不成问题，不过在十年前，在中国内地那种环境之下在旧戏班的后台，实在不容易办到。即就吐痰一事而言，你刚说不许吐，回头一看，已经满地是痰。还有一个人，他伸着大指头对我说："我什么都改得了，就只有吐痰改不了。慢说是这样的地板，就是像某某家里那种厚绒地毯，我也就是这样咳儿——孛儿。"说着一口痰已经顺着他的表情落在地上。我当时气了，也就唤起了一个决心。我说："这吐痰是极小的事，要是连这一点儿小事都改不了，可见我们的下流根性太深了。如果我们的重要演员不肯改他的下流脾气，一定要破坏大家遵守的规则，我们宁愿牺牲这个演员。他为他自己的下流脾气被牺牲，是他的耻辱，能完全除掉这种下流脾气才是我们这团体的光荣。"我对他硬来，始终他也软了。还有门帘里伸头出去看的习惯，也很费了许多的事。有一回前台经理掀开门帘朝外看，我当时照后台的规则罚了他，从此以后一切都渐渐地就绪了。

我当时的主张就是理直气壮不畏强御地硬干。不行的演员，无论是谁荐的，不能进来；要革除的演员，无论是谁的讲情，决不和他通融。这样一来，前台经理大省其事，演戏的精神一天一天好，生意也有蒸蒸日上之势，不过暗中攻击我的人一天一天多起来。幸喜我样样公开，丝毫弊端没有，所以他们也拿我无法。然而俟隙而动的鬼蜮计划，也就潜伏着，时时若隐若现地使我感觉到。

加之我初到南通，我本来就很忙，除却演戏编戏教学生而外，还办了个小小的日报，常常要作文章，所以我就登了个广告不赴宴会。谁想这个也引起了社会一般的反感？第一个就是镇守使署的人，他们说我摆架子，这本来是笑话，不赴宴会算什么摆架子呢？然而除了在戏台上总见不到我的面，有人来访我，不是遇着我在看书，就是遇着我在写原稿，更发生不少的误会。（不过在我自己始终不知误会之所由来，大约这也是中国社会的通病吧。）结果几个月之后，主张完全被打破了，事实上竟没有法子拒绝宴会。无论哪里凡属新到一个戏子，大家除看戏之外，都总想见见他的本人，或者请吃一顿饭谈谈，人家以为是好意，不到他们就要生气。尤其是那些自充好老的阔人，以为连个戏子都请不动，未免失了体面。这种情形就现在还是一样。可是一个在艺术上努力的人，要和许多不相干的人去应酬，真是大损失。加之中国人请客从来不依时刻，这种损失，更是说不出。幸喜南通当时的宴会很能按时，这也是模范县足资模范的一事。

更俗剧场论管理可以算是不错，论戏却没有什么进步。所演的戏太俗恶的虽然没有，好的也数不出。南通的绅士们颇提倡昆曲，不过要卖钱还是要靠新排的二黄戏。我当然排过不少的戏，但我对于自己所排的戏，从来没满意过，所以从来没有留稿，现在更不愿意再去提起。至于当日卖钱不卖钱那是另一个问题。

我在更俗剧场也曾编过好几出话剧，可是到如今连戏单都没有留存一张。我所作的诗文，从来都是随作随弃，剧本也是一样，还有要赶戏的时候，写整个剧本来不及，便由我口里说，演员们各人分记，叫作单片。这种单片，演过之后，我也没有工夫去收集，略一因循，便不由得渐渐散失了。

更俗剧场开幕的第一天，张四先生亲到升旗，这总算是很隆重。那天晚上，演的是我所编的五幕悲喜剧。因为开幕的头一天，所以戏名总要取得吉利些，这个戏的名字就叫《玉润珠圆》这一类的名字，现在一看，可以说不像个戏名，就是以戏的内容而论，也觉得这个名字不恰切。这个戏是写一个男学生一个女学生相爱，同时有个洋行买办千方百计要娶这个女子。他一方面贿买女子的父母，使他们卖女儿，一方面他又诬赖那男学生是乱党。在那青年学生被迫不能不逃走的时候，一对情人惨痛地分别。男的改了名字，加入一个探险团。女的也逃出家去，在武昌一个小学校里当教员，过了好多年，把她这个学校整理得特别好，深得学生的爱护，成绩也异常地显著。男的在探险团里，同伴大半都死了，最后他在生物学上得到很大的发现。回国的时候，到武昌去演讲，在演讲席上遇见了从前的爱人。那时候那个买办已经被人暗杀了。有知道他们的历史的，便都出来希望他们能够在武昌结婚，可是他们不同意。他们以为只要相爱，不必结婚。从此那个男的便和那女的专心致志办那个小学校。他们在末一幕收幕的时候说："我们何必结婚呢？我们的生命是爱不是结婚。我们的事业就是我们的儿女。如今老年人过去了，中年人也不久就要变老年人的，我们的希望、国家的希望，都在这些小学生身上！"

这个戏在舞台开幕的头一天演，我当时以为很不错，结果除男女分别那一场，有人拍了两下手掌之外，观众没有丝毫的表示。以后我很想听听人家对于这个戏的批评，但是无论见着谁的面都是一字不提，简直好像是有组织的冷淡。这出戏从此也就没有演过第二次。过了一向，听说镇守使对张孝若说，这出戏里男女分别的那一场也和《卖胭脂》差不多。这种话我听了丝毫不生气，不过笑笑罢了。听说以后他对于我们的"文明新戏"都是这一类的批评，那自然不管他，镇守使终不失其为镇守使也。

我以后又编过一出叫《长夜》，一出叫《哀鸿泪》，一出叫《和平的血》，还有些记不起了。《长夜》是以天灾后又遭兵灾的灾民为经，织入军阀的内战编成的三幕剧。其中最活动的是奔走游说的政客，和中饱营私的赈务委员。他们除了中饱，除了吞蚀赈款而外，还把赈款私下让军阀提去充饷，不管灾民的苦痛。不，灾民越苦，他们越得法。就是那些政客们，当他们奔走营私的时候，何尝不是拉着民众做背景？这出戏对当时的政客和办赈的绅士颇下一点攻击，重重的黑幕由几个趁火打劫的外国人和两个哨兵的口里说出来。这个戏在当时演的是悲剧的收场。两个哨兵正在谈话的时候，忽然听得远远有大众悲苦之声，哨兵说："这是那些灾民在那里哭呢！"接着又听见枪炮声响，哨兵甲说："戒备！那边有了接触。我们为什么？我们怎么样？"哨兵乙说："我们何必问。我们为的是抢口饭吃，生死碰命吧。"哨兵甲说："我们替大帅抬银子，杠子都抬断了好几根，到而今还是要拿性命去换饭吃呵！"两个哨兵正在说着，忽然一个官长出来，用枪指着那哨兵，问他："你说什么？"远远灾民的哭声，和枪炮的响声同时增大，闭幕。

这个戏演后也没有批评，只有孝若对我说："你那个戏也对，也有很多不对吧？"大约他看出那个戏对于当时的政事有所影射，所以那样说吧？

诸如此类的戏，我随编随演，也有好些，可是丝毫痕迹没有留存。当时每天要换戏，所以剧本都不甚完全。现在有人以编得快演得快自诩，以临时编临时演，上台不用剧本为天才。我们那个时候却真不在乎，晚上想一想第二天就有一个大致的剧本，马上排，马上演，演起来还包管舞台效果不错。大胆老面皮，在广告上还要糊里糊涂莫名其妙地鼓吹一气呢。

南通自从更俗剧场开幕后，所有国内的好角色可以说都去过，梅兰芳、余叔岩、王凤卿、杨小楼、郝寿臣、罗小宝、王蕙芳、程砚秋、王长林等都到过。剧场还没有竣工，张四先生已经有信约畹华。我对于此举不甚以为然：一来，就戏馆的生意论，南通地方小，大角色偶然一来费用多，而收入有限，等到大角色演完了，以后的生意不好做。就学校的学生而论，我不愿他们把畹华的戏剧当最高的标准。但是那个时候，只要玩得热闹什么都不管，自从畹华来过以后，北平的角色都陆续在更俗剧场登台了，真可谓极一时之盛。

畹华到南通，季直在郊外造一所牌楼迎接他，名曰"候亭"；又起了一个阁，把我也拉进去配飨，这个阁就名之曰"梅欧阁"，我对于这件事曾经反对过好几次，而且写过信，要求除去我的名字，但是他们始终还是那样办了，他们又拿我的诗解了好几句登在《梅欧阁》集里，又让方唯一替畹华作两首诗印在里面，一时称为韵事。我心里难过，口里当然就要说，于是大家都怪我为偏窄，如今想起来，我还是太随和。

袁寒云也在更俗剧场演过三天。他说是和张季直请安，其实带着他那新讨的姨太太到南通逛逛，就便过过瘾罢了。他那时昆曲已经唱得不错。我和他唱过《小宴惊变》《游园惊梦》等类的戏,恰好那时候名丑克秀山在南通,他和克秀山学过戏,他就便温习温习,又唱了《三字经》之类的丑角戏。

他演戏最困难的就是鸦片烟瘾老过不足,剧场的时间不是似请客一样可以随意迟到的,可是他尽管催请五六次还不会下楼。天影带着管事的坐在他楼下恭候,时时问他的跟随:"二爷怎么了?"那跟随的回答是"二爷刚起呢!""二爷正在擦脸呢!""喝着茶呢!""抽烟呢!"一会儿看见他自己带的厨子端菜上楼以为有希望了,谁知一吃完饭又要二十几口起码。

剧场的时间已经紧迫了。我们都化好装等着他,大家惶惶然看看戏要脱节了,不得已破从来未有之例加演一出不相干的戏——在北平凡属大角色不来便加演一出谓之"垫戏",是最坏的风气。从前谭鑫培因为是内廷供奉,所以架子格外大,伺候他登台是一件很烦难的事。寒云是佩皇二子印的(他有个图章,文曰"皇二子",镌刻甚精),当然比内廷供奉的更高几级,而薛秉初先生当他是太子登岸,上戏馆,都派有几条枪排队跟随,使太子之威仪保持无替,这也是可纪念的一事。

寒云有一个无论谁都学不到的本事,他能一连七天不下床。谁去访他,生的当然不见,熟的他从不拘形迹,尽管可以在床前卧而相见。他睡外床,他的姨太太睡里床,两个老妈子替他烧烟,两个替姨太太烧烟。饭来了在床上吃,吃完饭过了瘾他精神来了,提起笔来写诗文。非但是小品,对联匾额都可以在床上写,而且行款决不会歪,很足以显他的本事。

他是个颓废的贵公子,风流自赏,其实他很平易近人,并没有一些架子。前几年他很想自己振作一下,居然把那样的鸦片烟瘾戒断了，这真是很难得，虽说是环境逼着他。民国有许多人物不能戒烟的还多着呢！有人说寒云有政治作用，或者有也未可知。即使有，也不过是秀才造反，倒不如唱两支昆曲，填几首小词还靠得住些吧。

秉初招待寒云本想是借太子之名号召一下，在寒云却不过随意消遣，两者的意思不同，当然结果不会怎么好，寒云也从那次以后没有到过南通。他回到上海有一段游南通的纪事，对我颇有微词，这个我当然毫不在意，不过以后我逐渐又发现了诸如此类许多有趣的事情。

更俗剧场的后台离前台太近，所以不宜高声说话——本来在后台不可高声说话，我当然厉行这个规则，因此有人——重要的职员，就借此去煽动新来的许多武行。因为武行比较脑筋简单，所以从武行入手。他们对武行说："到了这个后台，武行不准说话，因为欧阳先生，最恨的是武行。"因此武行对我不免发生反感。

那时候真刀真枪颇能叫座，但往往弄出危险来。有的劈伤了头，有的戳伤了眼，有的一枪过来刺穿面肉伤折了牙齿；我于是劝他们不要打真刀真枪。真刀真枪并不能算戏，可是因为流行就有专靠真刀真枪出风头的角色，不叫他们打，好像是湮没了他们的本事，大不高兴，有人又对他们说："欧阳要绝你们武行的生路了！"

这样一来许多武行对我发生很大的误会，他们当然说不出什么，可是总有一天要等着机会爆发。只因为每月的薪水能够照发，他们也就无话可说，外面总是相安无事。不久便有盖叫天在后台骂人的事。

盖叫天本不是打真刀真枪的，可是因为何月山拿真刀真枪出了风头，他也就当仁不让。他到南通不过是短局，而他的好戏如《乾坤圈》《三岔口》之类已经是够唱了。谁知人家会对他冷言冷语说："张老板，你的真刀真枪可惜不能在这里露一露！"他说："怎么不能露？"于是就有人对他说某某绝武行的饭碗的话，他听了登时大怒，一定要演《铁公鸡》打真刀真枪。秉初、天影顺水推船，说是绅商烦演，下不为例。又弄许多人写信给我，要我通融，一方面又有人去煽动盖叫天，他本是个直性子头脑简单的人，就在后台大跳。以后我走去问他，说他一气，他完全明白了，翻过来他便骂天影。这种事我看得清楚，决不怪盖叫天，因为他也是上当的。

我办伶工学社，养成演员的方法当然和一般人的见解相反，因我对于演员学生所抱希望不同。换句话说，就是：我所要养成的演员，不是他们所要养成的。

伶工学社正在进行着，同时有一个"演员养成所"出现。这个事情发生在十兄弟拜把以后。十兄弟的大哥是天影，强有力的就是秉初的心腹人黄某。其余我的打鼓的、拉胡琴的，还有配戏的花旦如赵珊桐（芙蓉草）、潘海秋等几个人，都在一盟之内。在戏班子里拜把是很平常的事，并不必十分深交，一说就可以拜把。拜把的手续也很简单，只要择个日子点一炷香，大家把年庚八字写出来排列一下，磕个头就哥哥兄弟叫起来。在从前江湖上，这种结合是颇有力量的，有时候真显得出义气，可是久而久之随便拜把的太多，便不免变成具文。戏班里有句话："把兄弟，狗臭屁"。这就是说易结易散，没有道理。

这回他们这十兄弟在结合之初，也不过和普通一样，可是他们特为此事到琅山庙里去发誓烧香，仪式听说比平常格外隆重。因为这样，一到磕头之后，这个结合便立时发生作用。

首先由秉初、天影发起办"演员养成所"，秉初拿出大部分的钱，天影也措出多少，养成所由天影上任。招生章程是他们请吴我尊先生起的草。黄某特到上海招了许多略为学过些戏的小孩，立刻办起来。后台许多人都是教习，在十兄弟中的人，那当然是义务教授，非但如此，其中比较景况好点的人还捐多少薪俸呢！

在他们开办的时候，我尊把他们的内容又来告诉我。我本有所闻，至此完全明了。据说这件事得了四先生的同意，大约四先生不见得知道，孝若是知道的。我问孝若，孝若不置可否，他只用说笑话的语调对我说："他们简直要跟你比赛了，哈哈哈！"

有一天在张家遇见秉初，我就当面问四先生是否知道他们的新组织，他说完全不知道。我又问是否两个性质不同的组织可以并存，他说："无并存之必要。"我又问："然则取消哪一个？"他便回过头去问秉初到底是怎么回事。秉初说："不过天影自己带几个徒弟罢了。"我便说："天影私人有多大力量，怎么能够有招生章程，一气带三十几个徒弟？总另外有人做他的后援者吧？"于是四先生要秉初传话给天影，叫他立刻解散。

天影心上当然不舒服，他想带着全班重要角色，加入上海某某两个舞台，使南通剧场解体，可是秉初不愿意这样做，上海的两家舞台也写信来加以辨正，以后就没有话了。

　　我才到南通，先祖母就去世了。我送了灵柩回湖南，丧事办完了，经过汉口，被大舞台留住演了三天。那时正是王慧芳、郭仲衡两位在那里主持，他们硬留我，还有许多熟朋友帮着拉拢，我就答应了。我什么都没带，所有的行头等等都是用慧芳的，又烦了两个绸缎店在两天晚上赶起了四套古装。戏演成了，生意特别的好，因此我回到南通不久，又和慧芳对调，我到汉口，他到南通。从此以后，我又连到过汉口两次。跟我到汉口的人，薪水都比平日增加许多，有的一倍以上，有的还不止，因为这样，人心也赖以维系。而十兄弟不久也就闹起架来，其中有一个人私下对我说了许多秘密。我当然置之不问，因为我知道至多不过将团体解散，像那种团体，解散与不解散，都没有什么关系。他们以为我是非借南通图个人的涨包银不可，不知我从来对于这层就很淡。

　　我在中国各埠演剧，最受欢迎的要算是在汉口。汉口观众对我那种狂热，真是出乎意料，尽管大风雪天，电线都断了，戏馆里还是满堂。许多大名角都不能演在我的后头。只是我很惭愧，我的戏真还不够，在我自己，只不过以为偶然罢了。

　　南通剧场每年只演八个月戏或者九个月戏。冬天大抵没人看戏，所以只好停锣，这种余空的工夫，便有人来约我们到他埠去演。我到南通的第二年冬天，恰好余叔岩到南通演完了戏，约着一齐到汉口，到了汉口，叔岩忽然在开幕的时候，跑回北京去了。他这是故意让我打一个头阵，他来接上格外显得他行一点。这种心理，不止他有，可是像他这样硬干的，我可也是头一次见过。他是个著名会出花样的，他登台几天之后就病了。忽然这样，忽然那样，花样非常之多，结果弄得不欢而散。这一次天影他们本想在汉口独立的，一来是秉初不赞成，他不主张放弃南通；二来汉口方面出钱的人，第一个条件就是指明要我。他们独立不成还是回到了南通。

古语说："水至清则无鱼，人至察则无徒。"又说："不痴不聋，不作阿姑阿翁。"看起来自古迄今，中国的处世哲学，就是马虎为主。戏馆本来是弊端最多的地方，可是一有弊端便不能长久支持。前台卖票弄弊的方法最多，后台管事的对于角色身上的剥削，和在薪水上，以少报多的种种，都是很普通的。我本不是个精明人，但是在戏馆里混过相当的时候，也就样样都有些明白，所以一开幕我就注重在杜弊，这当然是违反从来的处世哲学，而且断了某一类人的财路也未可知。所以临我要离开南通的时候，有一个人老实不客气对我说："像你这样，必至于众叛亲离。人家跟着你谁不想几个外水？"这个话当然有几分关系，不过人家反对我还有好些个理由。

我主张剧场归伶工学社运用，以巩固伶工学社，秉初主张伶工学社附属于更俗剧场。

我主张逐渐由伶工学生主持更俗剧场，宁卖少点钱，只要能够敷衍开销就行了；而秉初却主张多请角色多卖钱，伶工学生只能受雇。

就以上两点，就可知道伶工学社和更俗剧场成了个对立的形势。我的主张没有变更，秉初也决不肯让步，再加上些旁人的副作用，于是渐趋于破裂。

关于更俗剧场的事，我不愿再多谈。就是伶工学社的内部也发生变化。有人看见学生渐渐养成，可以唱戏了，以为这个事情异常简单，趁此时期接了过去可以图利，于是便与剧场方面的反对我的人联合，向我进攻。

第一，说我不该将国文钟点加多，其次就反对我教学生西洋的唱歌和跳舞，说是白费时间。还有一件事是人人反对的，就是我组织了一个西洋管弦乐队。当时对于这件事加以非笑的很多。戏馆里的人，学社里教戏的先生，以至于平时的一班朋友，都拿来当笑话讲。"这班学生，若是学军乐队，还可以去送送大出丧，你看那种大大小小的外国胡琴有什么用处？讨饭都不能当碗使。"这种样子的讥笑很普通，但是我绝计不理。

当时我们的学生每人会唱的昆曲平均有二十几出，皮黄戏平均三十几出。四部合唱大家都唱得很好。钢琴也有相当的练习。跳舞呢，基本步伐都学会了。至于乐队，我们是用十五个人组织的，有四个Violin，一个Viola，一个Cello，一个Bass，还有一个钢琴，其余都是吹乐器。他们学了三年，虽然不能演奏正式的交响乐，短短的曲子，也还过得去。

因为南通难得教习，我就送了这一队人到上海，一切由热心音乐的陆露沙兄主持，租一所房子给他们住着，没有钱我自己贴。人家见我如此，以为我是迷信西洋，深为不平。及至他们会了十几支曲子，我便接他们回来开个演奏会，又编了个儿童戏《快乐的儿童》，试演过一两次。

演奏会可以说是失败了——当然不会得到半分同情的，然而我是那样干了。不过音乐学生和演戏的学生中间发生了一种隔阂：演剧学生因受了教戏先生的陶融，又受环境的支配，以为音乐队的学生是没有用的，便看不起他们。音乐学生在上海多少也染了些虚嚣之气，看不起演剧的学生，以为他们的西乐比唱戏来得高尚些，新些。并且教职员本来就不赞成他们，又看见他们那样趾高气扬格外起了反感，于是就有合谋取消音乐班的意思。有一次，孝若请客，要学生去奏乐，听说学生不高兴，有失礼的地方，他们小孩不懂事，便贻人以口实也是不免的。

伶工学社办到第三年，经费渐渐不继，事实上非将更俗剧场极力整顿，把全部收入都归伶工学社不可。过了上半年，我就有意带着学生到别处去谋生活，恰好汉口来聘，我便答应了。最重要的条件，就是要维持伶社的开销，当时有我的好朋友反对此举，他说汉口这个码头，为我个人计要好好地留着，千万不可和人家打长的合同。这个话很对，但是我专只想到替伶社设法，没有计到自己的利害，竟自带着一班学生到汉口去了。

此次到汉口生意不大好。但是伶社本年的用费总算维持住了。这一回天影盛意居奇，数年相共，从此就分了手。汉口半年期满已到严冬，其时马连良、杨瑞亭都被聘到汉口，前台的人要我在汉口蝉联下去，和杨瑞亭合作，组织后台，我觉得没有意思，便带了一帮人回南通度岁。

汉口的前台，因为不容易组织班底，又想在第二年正月多少做些生意，所以用种种法子留我，我不肯，他们甚至于想用一种江湖上的暴力来逼我。我为顾全面子起见，临行自愿尽义务多演十几天。又全体多演五天，其中一天说明是为筹旅费。我怕他们赖我们的旅费，所以郑重声明，谁知这样临了还是只替我和伶工学生买了船票，其余全班的人都没有人管。到了船将近要开的时候，我只得带着一班唱戏的把前台经理请到船上问他要船票。那回有朋友帮忙，所以办得很顺利。不然少数人，倒很容易设法，全班总共百多人，又带着公家的行头、布景，以及私人的行李等二三百件，只要闹点乱子，真是难于应付。汉口这个码头的朋友们待我真算不错。大家安安稳稳地回到南通没有一个人受委屈，一件东西不少，这的确有赖乎朋友之力。

我临从南通到汉口的时候，本来约定更俗剧场在下半年停演几个月，等我们回去接着再演。不想秉初早已和很糟的一个女戏班订了约，我们回去，舞台被人家占住，伶生去演戏，还要和毛儿戏去商量。这件事我心里无论如何忍不下。还有就是音乐队被解散了。经费既没有着落，剧场又不能应用，我自己也穷得不成样子，总计三年之中，垫出去的钱不下七八千元，再没有力量继续，我只有决计离开南通。

本来自我到南通以后，环境一天逼紧一天，我早就有去志。一来以为学生多少有希望，二来因为我的家实在也无从安置，就也忍耐下去了。后来弄到忍无可忍，而我所视为鸡肋者，方有人耽耽旁伺。加之有些因为荐角色不能如愿的人，写信攻击我，说我是乱党。这些虽然不发生效力，及至我带学生到汉口，加聘了梁绍文兄主持教务，绍文本是国民党员，教职员中借此而加以攻击也在所不免，因此而那些说话的便增加了力量。

在那个时候我也早有预备。张敬尧滚出了湖南，我便把家眷一部分送了回去，所以很轻快地离开了南通。这只算是一个乱七八糟的梦吧。

不久我还回到南通去过一次，只见剧场的大门也破了。伶社

110

生中除少数尚能自爱外，抽烟聚赌堕落的事不一而足。这也只好付之一叹罢了！

我住南通三年，虽然在自己一无所得，对社会对艺术也没有什么贡献，可是为事业心所支配，也就经过不少的起伏。我若是能把自己的主张藏匿起来，只朝做名角的路上走，那我便钱也有了，房子也有了。

那时候我也曾想设法去多弄几个钱，设法把伶工学社独立；或者便弃了演剧班，始终去维持音乐队。但是我除了演剧以外也没有法子弄钱，所以不得不从搭班子去设法。这个弱点被同伴的所发觉，我所受的痛苦也就更大。

我在南通三年，演剧始终没有加过薪水，而且伶工学社主任的薪水从来没有拿过，可是每到他埠，月薪从三千元到七千元不等也曾赚过，而结果丝毫无余，还弄到欠债。一来月薪的数目虽不能算小，却不是月月如常的，偶然出一次门，好像做土匪打起发一样掳一票，有时得失不能相偿。既然当了几千元的角色，便要有相当的排场，正好比卖化妆品，装潢和广告比实质的费用还要大得多。而且排场一经放大急切难于收小，而无谓的交游酬应，只有日见其多。例如，在汉口在湖南，住在旅馆里自己占两间房，有时另开三间房子待客，纸烟平均每天总抽去三四罐，其他可以类推。我是素来不喜欢酬应的人，然而也没有法子。自己虽不去招惹，却也万万不能拒绝不是？最可笑的，空架子越大，社会上越能认识你。从来骂我的老先生也就会对人说："予倩是我的学生。"或者："予倩我与他有世交。"不过我生平从来没有在任何人面前递过门生帖子，有人在文字里或是书简中称呼什

111

么欧阳生之类，那也不过是他一厢情愿罢了。

南通为一时的模范县，有好几个工厂，好几条马路，好些的学校，参观的人连翩不断地来来往往很多。张四先生虽然在政治舞台上没有具体的活动，他始终成为中心人物，而在资产社会尤其负有声望，所以奔走于门下的大有应接不暇之势。更俗剧场、伶工学社，无论其创设的精神如何，久而久之事实上成了模范县的装饰品，因此光顾到我的朋友也就特别的多，我也就没有法子不打肿脸装胖子。我对于这类的生活觉得十分厌倦，但是一时没有法子自拔。

一个在舞台上活动的人不想做名角，这是欺人之语。我呢，除了充名角而外还多少对戏剧界抱了些志愿，有这两重的负担，我的力量——才力金钱——便来不及，也是有的。我在南通，正是文明戏根本失败，古装新戏全盛，而新剧运动方始萌芽的时候我在舞台上虽有微名，而在艺术界实在是个孤立无援者，几个思想落后的朋友，丝毫不能给与以帮助，而环境的压迫只令人感到一己之脆弱，唯有抱着无穷的烦闷，浮沉人海而已。

我离开南通那年，北平人艺剧专已经成立。上海也有汪仲贤在新舞台演《华伦夫人的职业》的尝试，结果是失败了。我和仲贤在中华书局出版办了一个杂志，叫《戏剧月刊》，销数不好，不久也便停刊了。

和伶工学社性质相似的，有陕西的易俗社。我带学生到汉口演戏的时候，他们也正在汉口，生意虽也还过得去，终究不够开销，困苦万状。我们因为志愿相似，境遇相同的缘故，彼此深为接近。他们那时已经能够全靠学生支持，我们的学生便还不够，在汉口的时候，还是以我个人充台柱来维持局面的。我很佩服易俗社办事的精神，有一篇文字做一介绍，载于《予倩论剧》中，兹不赘述。

离开南通以后

我在汉口有许多朋友都帮我解过些人事上的纠纷，我觉得江湖上还是有些照应。不过有几位阔人的情我实在没有法子领：有一回有一个当店的老板托人介绍说是只要我正式去拜访他，他便可以借些钱给我，随便几时还。还有便是一位大人要约我吃晚饭，我去了等了很久不见开饭，而有许多人在那里赌钱，我不高兴便要走，主人留住，结果有人对我说明，说他们赌钱，便是为我，主人想和我订交，所以约些朋友要抽几千元头给我。当时气得我什么似的，我说了几句对不起他们的话就跑了。此举有人不以为然，但是我不能拿人格去换包厢里的看客。

我离了南通，便搭了亦舞台，又和余叔岩混了一个月，和马连良混了两个月。我那时也有我的打算：总想是搭班子弄几个钱，到外国去再读两年书，关于戏剧便专从文字上做功夫，我虽是这样想，结果还是一场幻梦。

我在亦舞台一个月的收入只够抵我以前的亏空。三个月满期前台要和我订长期合同。我有种种的念头不甚愿意。我的同伴们联合向我要加薪，而亦舞台便要求我减薪。要求加薪的并没有理由，他们只说是别处钱多，他们要走，我一算他们所要求加薪的数目比亦舞台要求减少的数目大一倍，而且还附带许多条件，坚持不下。我没有办法，只好辞班。谁知我一辞班，他们又来求我转圜，我信已经发出了，不能自己收回，于是他们又要求我作书致亦舞台，推荐他们继续。我照他们的意思办了，亦舞台也答应了，但是前台看穿了他们的弱点，一个一个把他们的薪水减削三分之一，他们也就很忍耐地干了下去。这种情形颇令我难过，于是把几年来的伴侣一齐解散了。其中有好几位因为在南通几年，接连加薪，生活安定，他们便纵情在烟赌里面，越来越没有办法，一到上海格外添了开销，所以只有逼我。还有一个人，他假装为债主所逼不能上台，居然临场不到，借故借钱，在这种情形之下，当然没法儿合作的了。

从亦舞台辞了出来，旧人尽散，我对于搭班事丝毫未去进行，每日只是读书作字，唱昆腔罢了。这个时候，因袁安圃君认识好几个唱昆曲的朋友，时相往来，并常与寒云相见。但是我手中不名一钱，典借道穷，竟没有法子继续这种名士风流的生活。韵秋从正月重病，几至夏初方愈，她竟省钱不肯继续服药。我有三个妹妹，大的第二的都因遇人不淑，早年夭折，只有第三个妹妹嫁了唐君有壬。夫妇甚好，但是三妹出阁，我正是没有办法的时候，他们婚后从长沙到上海，我竟连请一饭的钱都没有。恰好杭州来约我去演几天，我不管三七二十一就跑去了。那里除我而外其他的重要角色一个都没有，戏当然演不好，生意也不佳，我胡乱演完几天急急回到上海。以后又到南京下关去混了五六日，南京只有女戏子还行，我去生意不甚坏，但也从来没卖过一天满座。上海报上都登着我在杭州、南京连日满座，备受欢迎，一再经各界挽留等广告式的记事，这一定是在报馆里的熟朋友替我鼓吹的。

从南京回来，因仲贤的介绍认识了戏剧协社一班朋友。有一晚应云卫、谷剑尘诸君，请仲贤去替他们化装，仲贤恰好有戏，来不及，便介绍我去替他，以后我也当了社员。

我从南通回到上海，因梁绍文君的介绍，认识了田汉君。恰好洪深君回国，我到笑舞台去看他演《赵阎王》，便认识了他，不久又介绍他进了戏剧协社。自从导演过《少奶奶的扇子》，他在上海新剧界便成了活跃的人物。

我从南京回上海，正是夏天，便哪里都没有去，不久又以薛瑶老的介绍再进新舞台，这是民国十二年秋天的事。

这次在新舞台，干了一年半，从十二年秋天到十三年秋间，一年之中总算胡乱混过。新舞台那时候的组织仍然是和我上届在那里一样，由几个中心角色做股东与前台合作。我当然也是股东之一，月薪照生意的好坏时有成数的增减。本来新舞台虽然暮气日深，变化太少，生意也还稳当：可是在民国十二三年时时有战事，一来就戒严，受的影响实在不小。到了十三年的冬天，齐卢之战爆发，越见没有办法。有一晚正好容易排了一本新戏要想略苏困涸，居然大卖满堂，不料临时戒严，把两千余观众，全数不放出城，从此我们的生机断了。夏月珊又恰在这个时候死去，后台负责无人，只好由仲贤、君玉、凤文和我几个人暂行维持现状。本想从速停演，虽知警察厅不准，说是要借戏园维持人心。好容易我们才从九亩地迁移到六马路，亦舞台演了一个半月，我们这班当老板的除了几个月薪水丝毫没有之外，还要贴出许多钱去，我真是弄得一筹莫展。

在将近过年的时候，香港有人来聘——这是第三次——我不愿意。那时国民政府正与香港绝交，我决计不到香港。而且我就是到香港也绝没有好结果的。

刘汉臣弟兄，我和他们同在新舞台相交颇厚。汉臣的岳父刘凤祥，在大连起班，要约汉臣和我去。汉臣的哥汉森和我研究，我也就答应了。回电打去，从大连就有人来接了。见面之下，答应先付一个月钱，当时交了半个月钱作为定洋。我接了定洋预备动身，便去赎些当，还要留下几个钱作家中过年的用费，而新舞台方面还要催缴赔账。可是定钱用完了，其余的钱老不送来，那接的人忽然来说大连没有钱寄来，只好请先动身，等到了那边，再行付清，我深知不妥，当然有许多的争论。我想不去了，但不去也没有办法：一则是刘氏兄弟的面子；二来我若不去必然要立刻把半个月钱退还，虽然不过千把块钱，我连二百元都还不出，还讲什么？好，去吧！我便上船走了，临走的时节母亲病着，韵秋也病了又生冻疮很厉害，我在船上倒也有些旅行的趣味，过青岛有个日本朋友约去全市游了一圈，甚为爽快。

到大连凤祥在码头迎候，登岸见马路及一切建筑都很整洁，也不觉得甚冷。第一件事就是凤祥约去洗澡，第一个不好的印象也就是这件事。浴室不洁，并不要紧，我们尽可自己洗盆，可是手巾不洁，实在没有法子。尤其可怪的就是浴客都在客座中擦背：他们坐在椅子上，或是躺在擦背人的身上，擦背的使劲地替他们擦着，擦的姿势好像是打拳练武；擦下来的泥抖在地下，踩在脚上，觉得不甚舒服这种擦背（北方人叫搓澡）我是第一次见过。

洗完澡就到戏馆里去，门口一望，除了新粘的红纸而外，都是破陋不堪，一进门觉得脏不可言。许多卖零食的小孩子，满布在客座里，地下到处是果皮破纸。上得楼去，被请坐在账房里，见了许多前台的管事先生。人家都说大连是最厉害的码头，无论哪个唱戏的到大连都要吃大亏回去。据说这前台几位先生，有软有硬，软的就是赔笑诉苦，硬的就是拳头手枪对付。我那天见了他们却还看不出来什么特别难办的情形，而且他们都很客气

账房是两个套间，我们在里面屋里坐。房中生着个火炉，太阳射在玻璃窗上，小坐也还不错。只是肚子饿了，久等没有饭吃，火炉上炖着一锅牛肉，一线一线的香气飘了过来，我想他们尽可不必请吃什么下马筵席，胡乱弄碗饭来，就着牛肉吃了就完事岂不好吗？正想着的时候只听得一声开饭，刘凤祥老板走了进来。他说："明天过新年，什么都没有买，对不起，改天再请罢。"我们当然客套几句，立即跟着他到外间屋里去入席，起初一个面前两个饭碗大的又高又大的馒头。回头菜来了，就是那炖在炉子上的牛肉，连锅端上来，并无第二样。我是从来不问精粗美恶都能吃的，可是那牛肉之咸，那馒头之硬，又是生平所未见。我平时最爱吃面食，这种纯粹的山东风味却被它降服了，无论如何我只吃完了一个馒头。因为没有汤只好用茶来往下咽。刘汉森吃一口，叫一句好，我也说好，因此不觉得想起家中正在吃团年饭，想起雪里蕻冬笋，江南风物，浮映在回忆之中来了。

吃过饭，排戏单，排好戏单便去看下处住的地方，在连升栈的三楼上，房子是新裱糊的，可是没有床铺，只用木板搭起一个大炕，一间小房只剩了一尺的空地，既无从放桌子，又不能摆椅

子，我只得赶紧叫一个木匠来把大炕拆开搭成一个小床，勉强支起一张小桌子也好看看书写写字。布置妥帖又是吃饭时候。中饭剩下的牛肉还有半锅，馒头由蒸的变了烤的。我预先就弄好了一碗开水，很痛快很值价地又追下一个馒头去。

当晚是阴历新年，我因为第二天就要演岁，写完几行日记便钻到被内去睡了。睡下之后不免计算到许多事情，随手抽过一本王尔德的《A Woman of no Importance》看了几行看不下去，又拿过日记来翻了一翻，一阵也就睡着了。谁知一到半晚，外面忽然像崩山倒海一般响得异常，起初莫名奇妙，定神一听才知道是鞭炮。大连当除夕和元宵那种爆竹之盛实在是可称全国第一——时间久，放得又齐，一家放，千家同放。而且到了元宵那晚，马路两边的店铺，对放爆竹，烧得满街烟火，交通阻断。我在除夕那晚被鞭炮惊醒，再也无从入梦，只有寒气逼人的漫漫长夜，一灯相对，不觉得思家之念油然而生。好容易到了明天，推被而起，这才感到北方的寒威，实在令人生畏。同伴的人还没有一个醒来。我等了很久，胡乱弄些水洗了脸，迎着好像刀子一般的风出门去走了一走，看见满街都是过新年的景象。路旁小摊子上摆着都是浏阳鞭炮。中国人的铺子全关了门，可是日本人的店铺，因为不过阴历年还照样开着。我想找一个地方去吃餐早饭，但是我身边拢总只剩下两块钱，还要留着做零用呢，也就不敢尝试。地方也太生不敢太走远了，而且不知到哪里去好，只好一步一步踱回来。一进门掀开那又重又厚的门帘，便有很浓厚的大蒜味，好像拒绝生客似的，把人望外推。上了楼，进得房去，恰巧刘家的跟包已经在那里生火，把煤烟弄得满房。我生平最怕煤烟呛人，一呛嗓音就要发生变化，在航海之后，经过一夜的失眠，又这样一呛结果大受影响，我知道戏是唱不好的了。

新年那一天还是由老板供给饭食，我们行装甫卸，也实在无法自己举火。那天早饭只有韭菜饺子一味，在我口腔发炎的时候，就有些吃不下去，想用口汤来送一送，也没有，我还是回到栈房，用开水送馒头觉得还舒服些。

刚把肚子填饱，凤祥说要约我去会几个朋友。第一个会的是朱君春山，他是大连最有势力的一个人。他和大衙门（市政府）很通声气，日本人关于治中国人怎么治，都要去请教他。他有很大的生意，就是近百家的妓馆。管理妓馆营业的有事务所，事务所里分工办事有完备的商业组织。事务所里的干部人员，都是狐裘貂帽，很像从前北平各部的长官，在殷勤待客的时候，含着一种森严的态度。朱春山人家称为朱三爷，他的势力不仅限于大连，凡东三省一带，到处有他的羽翼。他的生意也不止是妓馆，还有各种各样的大宗买卖——鸦片、人口。日本人非常之倚重他，大衙门当然要给他许多便利。我还没有见他，就有人对我谈起，据说提起他的名字，可以令人不寒而栗，但是一见了他，是很客气的一个老头儿，比我们在上海所见的名人似乎又另外有种神气。

除朱三爷之外，我还见了一位张三官，人称张三爷，江湖上很有名气。听说日本人进大连他很有功，所以日本人还是器重他。他不像朱三爷那样的数百万大富翁，他一切都好像很随便，但一见就知道性情很刚执。他不大说话，头上还留着辫子，坐很久都没见他笑过。他就住在戏园后面，但轻易不甚和人见面。除张三爷之外，我还见了一位拳术家，他在大连也开有一间铺子。不过铺子是副业，他的收入全靠放重利，借钱给妓馆。他外表非常豪爽，一动就讲打，坐下来就谈他制服人的方法，吹他的毒气。不过我颇欢喜他，因为他说话实在爽快。

以上这几位都是刘凤祥所称为朋友的，我都见过了，他们都和这戏馆间接直接有些关系，要是离了他们，这戏馆一定开不成功。非但如此，日本人要在中国人中活动，绝对离不开他们。试看中国各处的租界，就只有这类朋友，最占势力。就上海而论，有几位豪杰，真是顺之则昌，逆之则亡，在外国人庇荫之下，实行其吸血主义，是何等痛心的事啊！

我那时见过他们一路走回戏馆，吹着一阵阵的冷风，心思异常恍惚，好像酒醉作呕一般。及至走到戏馆，看见旧式的台上，已经在那里跳加官，跳财神，包厢里坐的清一色全是娼妓。一个一个不是大红衣深绿裤，就是大红裤深绿衣。据说大连的习惯，正月初一日妓女全出来看戏，我很和她们表同情，以为她们只有这一天自由自在地出来看戏，我总要演得好些才是。谁知我的喉咙发炎很厉害，竟至于只够敷衍了事，一直过了三四天以后才见好些。

大连那间戏园，本来简陋之极，后台尤其脏得很。在那样冰天雪地的北方，只有一个小破脸盆烧几块炭，如何抵得住那种寒气？然而也没有法子补救。

大连的那些班底，都是可怜得很的人。他们携家带眷差不多流落一般。其中并不乏可用之才，但是因为负债以及种种关系离不开大连，这种情形不仅是大连，北方各埠，大致都差不多。北方各码头都不像上海那样交通繁盛的商埠，伶人失业者也很多，所以只要能够守住一个地方勉强有口饭吃，也就不事外求。越这样退一步想，负累越重，而老板对待他们的手段也就越发苛酷，如是他们便弄到永无翻身之日。就以大连而论，那些班底，都是很顺从的样儿。他们从来没有论月拿过钱，只靠每天分现份，分的时候常是七折八扣，遇有不实不匀的地方。每有风雪往往停演，停演便没有钱分。不过没有钱分的日子，老板要给米饭或是面粉，无论如何，班子存在，总也饿不死的。老板们利用着饥饿，便把团体维持住了。他们当中也有想离开甲埠到乙埠去的，但是很不容易——一则是穷了走不动；二来不得老板的许可走不动，无论受了什么不好的待遇，要是秘密走开必然会受很大的危险；三来其他各埠也有同样的一班苦朋友，不得些奥援，不容易入帮。有这许多的苦处，他们也只好低头听命。在大连那个地方，鸦片归日政府公卖，日本本国人绝对禁止吸食鸦片，对中国人虽不是彰明较著的奖励，却也为着收入上用的方法和奖励差不多。许多伶工染上了吸鸦片的嗜好，他们因为他埠没有大连便利，便舍不得离开大连，这种人也不少。

我在大连登台，一连七天，生意都不好，我便和汉森商量想设法退了钱回上海，他们再继续给我钱的希望是早打消了的。凤祥绝对不允我的要求，我一面作书四处借钱，等到有回信，转眼已经又是两个礼拜。

从我登台一个星期以后，生意忽然好起来，也不知是什么缘故。大连市有人口十三万，其中九万是苦力，其余四万之中百分之九十是商人，知识分子不过占最少数。老实说，我的戏多少偏于知识阶级，不配大连市民普遍的味口。他们爱听卍字不断头的长腔，爱看真刀真枪，爱看不甚近情理夸张的情节，这几层我都做不到。可是演过两星期以后刘汉森翻些新舞台的连台戏，如《济公活佛》之类，我在当中唱唱联弹，舞舞绸带，登时连着就是几个满堂。后台的苦朋友多分几个份子钱，都欣欣然有喜色，说："这个戏多排几本吧，也好吃几天饱饭！"我在这个时候，只有一味乱来，差不多每天都唱联弹，舞绸带。我的意思想胡乱敷衍几天，好快些走，谁知对方既不让我走，又不给我钱，只是间或送我十块二十块做零用，当然我明知没法向对方要，也就只好不加追向。幸喜有朋友寄给我二百元，我急忙汇百元回家，不然我妻卧床重病，医药都没有着落。余下一百元我只有保存着做回南边的盘缠，明知我要走，他们不会给我路费的。

我在大连遇见的熟人只有一个孙君定臣，他是个票友，也会唱青衣，我跟他是在汉口认识的。他在海关办事，每天公事完了，必定来和我做伴，情意殷拳，非常可感。除他之外，全是新交，日本人也有，中国人也有。中国人大抵都是在日本人的机关办事的事务员，日本人便大抵都是与南满铁道会社有关系的。如满蒙文化协会（如今改称中日文化协会）的干部，因为中沟新一氏来找我，就此辗转介绍全认识了。还有个中日合组的（？）诗社叫嘤鸣社也来找我唱和些打油调；青年会来找我讲演，因此人确认识不少，但其中有一个成了好朋友的，就是龙田长治氏。

龙田兄他是个经营修船工事的，他深喜读书，精于新派日本画。他在画家石井柏亭氏及音乐家田边尚雄氏的记载里看见有关于我的话，他便拿一本旧书为赘来找我，我和他一见如故，彼此作了朋友，一直到今天还是和旧时一样。前几年他回了日本，遇着些失意的事，日下除画画之外，专门研究内典，前几年我到神户还和他见过一次。

文化协会和青年会要求我在日本剧场演过一次戏，在大连明治大学同学会和早稻田同学会的人们都来送些花圈之类捧场，但是这回的演剧却没有什么意义。那时候有人想挤开刘凤祥而承继他的班子，因此停演一二日，便由文化协会和青年会的发起，在日本剧场演了一夜。青年会的意思是想筹几个钱，文化协会却只想借以与中国知识分子联络，各有各的用意不同。临了文化协会担任一切把这件事办了，青年会颇为不快。这类所谓筹款的事，我干得实在多，到一处演戏，总有人来要求筹款，有时筹得的款也相当的多，可是款子得到正当的用途固然有，被所谓名人支配得毫无下落的事也不一而足。有两次在新舞台为灾赈筹款，一次在汉口替湖南水灾筹款，结果全部饱了经手人的私囊。这回到大连，居然没有演过所谓义务戏，这是特别的。

我演戏越演越不耐烦，刘凤祥也不想在大连久恋，他便跑到哈尔滨、天津这两个码头去打路。另外有一班人要想夺取凤祥的班子，便极力来对付我，我是去志已决的人，当然无论怎么说也不能再留。到那时候箱底那一百元已经用去了一半，还没有走成功。我那回到北边本想是趁机会到俄国去玩玩，满以为前台多少总要给我几个钱，结果非但西比利的铁路没有坐，还要借钱回上海。

当凤祥外边打路的时候，冯春航到了大连。他本是应了营口的聘，谁知营口的观众不欢喜看他，演了几天，万万不能继续，他便来到大连，演了几天，把大连的报酬还了营口一部分的欠项。他一面派人到青岛打路，青岛说妥了他才离开大连。这回他到营口，带了两个同伴，一个唱彩旦的，一个是大花脸的。人家都说花旦搭班应当带小生或是老生，他偏带这样两个，觉得奇怪，不过他也是提携旧时的穷朋友，并不为台上的用处，搭班还只算是他一个人。

当他在大连演完了几天等候青岛来信的时候，那实在可惨：他住在戏园一间小屋子里，既没有窗户，全不透光，开门又怕风，也只好关着。个人用个小锅烧饭，煤烟迷漫满屋，可是他那倔强的性情，还是充分地表现着，他从来不和人多说话。

春航登台的时候我到旅顺去逛了两天，住在东北大学汉文教授许觉园氏的家里，备承他优渥的招待。晚上我一个人到博物馆一带散步，那雪已经铺得很厚，路上行人除我之外再没有第二个，除掉远远地偶然听见日本哨兵马蹄之声，再没有一些音响。我看那雪实在美丽，铺得又平又匀，爱得我不忍去踏破它。在寂静之中，吸着清冷的空气，好像把在大连所受的尘嚣恶浊，洗刷干净了。我听其所之地乱跑了一阵，始终没有见到一个人。我回到许家，围炉讲话，看他的画，读他的诗——他的两位夫人，本是姊妹两个，她们都会吟诗作画，又精于烹饪，大家煮酒纵谈，到夜深才睡，我真像是到了家了。

从旅顺回到大连，我本来约定凤祥再帮三天忙可以走了，不料前台勉强送三百元来，要求再演八天，说从前我是帮凤祥的忙，这几个天是帮前台的忙。我知道他们纠缠不清，决计不允。在这个时候，忽然接到一个从兄弟的信，要缴学费，家里也催寄钱还债，没有法子只好忍耐下来，又经许多朋友担保演满以后再不继续，我便答应了。拿三百块钱，寄了一百五十元替从兄弟缴学费，他是一个勤勉的大学生，我必得要极力帮助他。家中也寄了一百元，留下五十元自己用。却不想忽然又出了别的问题。

凤祥从哈尔滨回来，路过奉天，恰遇着张作霖生日，他便去包了一班堂会。这事是由汤玉麟做主，凤祥承办，当然凤祥不会把大连的班子放空，于是大连一班人就变了汤玉麟孝敬张大帅的礼品。

凤祥回来，非常高兴，他以为他是胜利了，而且全班的人都有赏金的希望。在北边的伶工与其靠搭班，不如靠堂会，堂会所得的份子，总比搭班多些，所以大家听见堂会都欢喜。这也是因为私家养歌僮的习惯的遗留，有钱的老爷们，不必费事去养歌僮，他们可以把伶人叫到家里开心取乐。他们不是不能到戏园子里看戏，可是叫班子到家里唱觉得格外自由些——想看什么戏就可以点什么戏；想让谁和谁配演，就可以拉拢。各班的好角色可以荟萃一堂，赏心悦目，既可以联络各方面的感情，又可以表示自己的阔绰，真一举而数善备焉。

在伶人方面呢，小角色只是跟着大角色走，他们都是倚靠着大角色吃饭，大角色便全靠堂会的照顾，所以中等角色以及小角色都只注重堂会。凤祥这回接着了堂会，他是应当欢喜，全体角色没有一个不欢喜，但是我生平最反对的是唱堂会。我反对堂会的理由，前面我也曾说过不必细谈，而且这次凤祥完全没有取我的同意，我当然可以不理。在凤祥以为他替我谋了生财之道总可以令我高兴，他当然不是坏意，而在我便不能不坚持我的主张。这样一来，凤祥急了，作揖说好话，继之以哀求，我始终没有答应然而我要是不答应，这回的事便不成功，刘凤祥当然难以下台，后台大众，以为我要阻他们的财源，大家都联合起来向我要求，前台诸人又请出几个报馆的记者和我的几个熟人一齐对我来讲。还有人想出一个掩耳盗铃的法子，叫奉天某通讯社打个电报约我到奉天去讲演，于是也好便中演出戏，不露痕迹。他说："这不是两全其美面面俱到吗？"我无论如何，不甘心被卖，于是许多人都走开了，听我们自己解决。那天晚上满蒙文化协会的几个干事恰好来替我饯行，我把这个事也对他们说了，他们不置可否。我在散席之后接到中国银行行员王君小纯一封信说："众怒难犯，止戈宜防"，旁边打着两行密圈，我便也有了打算。我一个人走到外面打听好了到上海的船，随又叫了几个挑夫，在我演满的头一天和他们讲好，约定第二天天一亮就收拾上船。一切都预备好了，我跑去找了一趟龙田长治，他听了我的话非常愤激，马上设法要去弄五百个修船的苦力做我的后盾。

第二天一早，那天是民国十四年的三月三日，我天没亮就约齐了挑夫，居然把行李都运上了船。我有一个吹笛子的不知干什么去了，老等他不来，我只好让他去。谁知他怕追不上，便乱嚷起来，被凤祥知道弄了全班人追我，把我包围住，当地的豪杰也派人帮助他们，其势要和我拼命。不过还好，并没有对我有失礼的表示。其时《满洲报》的金念曾，海关的孙定臣，中国银行的王小纯许多人都来了。龙田长治闻信追来，还有几个新相识的日本会社员一齐赶到。大家看这个情形，都觉得后台的情形太急迫了，劝我为大家的利益牺牲，我在这种状况之下，竟只好是将就了事，他们便将我的行李从船上搬下来，存贮到别处去了。

四日清晨，朱三爷派前面提过的那位拳术家送我到奉天——大约总不是监视我吧——一路上谈的无非是些江湖上的事。他劝我许多话，非常亲切：他叫我和他合股放利债。又说奉天有几个好朋友什么爷什么爷的，都是妓院老板，都有义气，他替我介绍，千与八百用着不成问题。他语气之间要仍旧留我在大连，说着掏出二百元给我，说他知道我不宽裕，非极力帮我的忙不可。我很感激他的盛情，可是万万无从受他的财帛。我知道他既拿出来，总要敷衍一下，于是我说要多少用些日金，便和他借了二十元，那时我因为急切没能退得船票，身边一文无有，这二十元日金也就很为得力。

从大连动身的时候，最可感的就是龙田长治氏，一个人睡眼蒙眬到车站送我，他非常替我着急，想送我到奉天去，我坚持他才算了。他和我握手那个情形，如在目前。就是在大连的时候，他介绍我认识些男女画家，如伊藤顺三氏、丹羽小芳女士，都是很有趣味的人。

到了奉天，当晚在金鼎臣君家吃晚饭，席中遇见所谓唐少帅、汤少帅者——奉天重要军人的儿子，大抵都称少帅——那些少帅不知天高地厚的神气，无处不叫人头痛，以后遇见张少帅，才知道他真是出类拔萃的人物。

金君当晚和送我的拳术家商量，说："北京的角色，个个都有后援，戏码、赏号、待遇，都预先接洽好了，你们来得迟，非想个法子不可。既来了总要有个面子。"于是替我筹划如何才能见长，如何才能让大帅看见，如何才能得到多的赏号。我真不能忍耐，便说："这些都没有什么相干，大可不必这样。"他听了我的话，便不再往下说了。

各处来的许多戏子都住在一个废宫的颓垣败壁之间，殿廷空阔，虽然有几块板遮隔着，终抵不住关外那种严寒，板隔的小房一间里住十几个人，起初没有火，个个都冷得打颤。以后生了火，那煤烟和大蒜的浓香，一走进去就会令人醉倒。

北京的大角色，除畹华住在中国银行外，其他有的住在朋友家，有的住在栈房里；那时候所有的栈房都满了，他们也都是几个人一房挤得满满的。我算是受了特别优待，和拳术家王先生，同住一间房。汤玉麟派了两个兵来服侍，这是他们的好差使，因为好去睡觉。到了第二天早晨，有一个团长来送出入证给我。他一进门坐下，也不说话，半天才开口：

"你们几个人？"

"两个人。"

"我问你们几个人？"

"全班好几十人，正确的数目要问刘凤祥，我们这里两个人。"

"我不管。给你两个徽章吧。"

他给了我徽章，又问我："你会几出戏？"我揣摩他那神情，忍不住要笑。他的护兵非常伶俐聪明，能言惯语，他见我神情不属，便接着对我说话：

"你别看我们团长是行伍出身，他起过小班儿呢。他什么都会，他还开过澡堂子呢。"我听他说完，不禁肃然起敬。

张大帅暖寿那天，我们都进府去演戏，见了汤镇帅，他也很客气地招呼一下，我好比噩梦一般，演完一出我便走了出来。第二天是正日子，街上非常热闹，许多军民扮着高跷、狮子、龙灯之类，齐集在帅府门前。一行一行走过来，经过府门，便有指挥者大声高叫："给大帅拜寿！"

龙灯走过，把龙头高高举起，大叫："龙灯给大帅拜寿！"叫着一齐跪了下去叩头，起来玩一回走去。狮子走来，高叫："狮子给大帅拜寿！"跳起来跪下去，三起三落，舞一番走去。高跷不能叩头，便做出许多滑稽的样儿，看的人一齐大笑。门口有四个大字"与民同乐"。可是那些龙灯之类，望门而拜，除了门内的几个卫兵，府里并没有一个人看见。

堂会的后台，女角色的风头最健。这回的戏本是由许多师旅长送的，所以各人都想把自己的礼物，当大帅出来的时候献出去，于是秩序单便发生困难，差不多要紧的戏，都是临时酌定。而许多送礼的都到后台来监督他们的礼物，要趁机会献出去。因此不免有笑话：一个角色上去，后面便有人催快点下来，他不便彰明较著地催，只好冷言冷语地说些不入耳的话。这些话男角色听着不响，除乖乖儿听着之外也就没有便易。可是女角儿不然，可以反抗（？）。有一个旅长，自说是戏提调，坐在后台，找着事情骂人，真是严若冰霜，两个女角走上去揪他一把说："瞧不出你倒有两下子，还会发脾气呢。"旅帅回头一看，只见他的白牙齿从他的黑胡子丛里露出来。女角又说："舌头那样挢着，好像含着个大茄子，还骂人呢。"旅帅说："我长的就是这个舌头嘛。"她们正在闹着，有一个帅府参谋，走进来，大谈其天主教义，和新旧教的历史；汤镇帅也走来，他就谈的是打枪和骑马；

等到那女角进来卸装，他们的谈锋一折，眼光飞射，好像打一个石子落苇塘，水波微动，蛙声顿寂。

我回到栈房，有好几家戏馆派人来和我接洽，并且送些钱来给我用。本来要讲唱戏的话，就在北边混几个月也不错，可是我精神上所受的刺激太多，万万没有法子再混。

汤玉麟他本是红胡子出身，为人豪放，他看着戏班子也和江湖上的弟兄一样。演完了戏，他把大连的班子会齐在一间栈房里，他盘腿坐在一间小屋里炕上，四围放着钱，他自己来一份一份地分派。哪是戏份，哪是赏号，他都随时有斟酌。前台的人想多得好处又想从角色身上挖一点，他很看得清楚，用一种特别的口吻一边笑着一边骂着他们，看他那神气好像是旧小说里常见的。

分完了钱，我得一千元。我自己留了二百元做路费，其余的除开销前后台外全数分给后台的穷苦人，这一举大出他们意料之外，我实在不过代他们抱不平罢了。拳术家王先生说我是个朋友，他自愿把我的行李一切由大连运回上海，我便全数交付给了他。

汤镇帅约我看他的马，又同去游东北两陵，看见群鸦乱飞，拿过兵士的步枪来，一发而中。用钢弹打鸟真算不容易，颇有塞外健儿风：第二天他约我吃饭，吃完饭同去窑子，我不甚有趣，便托病跑回栈房，想检点行李，到北平去。我接到了上海的信，说是陈嘉磷兄已经替我办好了搭第一台的事，第一台后台主政的是周信芳，差不多全班都是熟人，我颇为高兴，可是我在奉天还想多玩一两日。好在一个人，一件行李，尽可逍遥自在一下。

那晚回到栈房，房里已经坐了有五六个客。一个是徐君士达，一个杨君大光，一个杜君仲枢，谈起来彼此还有点世交，还有一个便是一位新闻记者盛君桂珊。除杜仲枢之外，都是奉天人，不久我和大光、士达竟成了好朋友。

　　士达、大光和青年会的阎玉衡三位是奉天有力量的青年。他们的思想颇为进步，对社会对政治都怀着很深的不满，而且有一种不可遏抑的热情。他们说奉天没有新剧，要我替青年会的学生们排几个戏，说也好留些种子，我答应了他们，第二天便移居到玉衡的家里。他们又凑了二百元寄到我家里去，于是我打定主意在奉天住些时候。

　　奉天真是很冷，春季还是冰雪坚凝，地上的小便堆到几尺高，这是在南边见不到的。我初到阎家的那晚，他给一间很大的房，初一进去好比到了冰窖一般，好容易烧了半夜的火，才有些些暖气。我在房里总是日夜不断地添着煤，都还觉得寒气侵骨，不能坐着写字，我只好把条绒毡围在腰里，用搁铺盖的绳子绑起来，背向火炉坐着，这才可以过去。但是披着皮大衣出门，虽在风雪之中我也不怕。奉天本地人大约是耐惯了冷，尤其如徐士达，始终只见他拖一件破棉袍从来不曾叫过冷。他之为人，性情高洁，操守谨严，一种坚忍耐苦的精神，处处都可以看见。

　　奉天人每天吃的是两顿高粱水饭，上午十点一顿，下午四点一顿，这个颇像广东规矩，不过他们艰苦得很，没有饮茶吃点心的习惯，而且高粱水饭那种粗淡，娇生惯养的南边人是万万吃不来的。阎君夫妇，为我预备大米饭，又把开饭的时间改成合我的习惯，我于心颇为不安，而他们待我精神上的优渥尤有过之。

我住在那里很安稳，译了一个易卜生的戏，看了几本书，还写了些论文登在奉天报上。我住的地方，名叫小河沿，是奉天名胜之一，可是冷天除冰雪之外，只见几排枯树。我翻着日历知道已经是绿遍江南的时候，而奉天还是冰雪满城，有一天在一家小饭店里见几幅西湖画景，遂不禁有南归之意。

又有一天我到日本图书馆去看书，回来经过一间日本酒店，我走了进去，看见盆里一枝柳树，因为屋里暖，出了很长的芽，这种嫩丝的颜色，在全灰白色的奉天城里，我只见过这微细的一两点。我信口说道："你们的柳树发了芽了！"一个酗妇回眸微笑答道："树都发了芽，能够不喝酒吗？"她坐下来一杯一杯地殷勤相劝，不觉得一转眼就喝光四瓶啤酒，她还是只管劝，我算清账带着微微的醉意摇摇荡荡地同去，觉得是旅中有趣的一件事。

我在奉天演讲过很多次。有一次在青年会讲演平民艺术，话里有"我们要从特殊阶级手里，夺回被独占的艺术"的话，我主张彻底的革命。恰好王君平陵在座，他回去写了封信给我，说我们应当从事于创造新的，不仅是要把旧时被占有的夺回，我当寸回信彼此有所商榷，以此便成了朋友。这回的演说颇得听众同情，青年学生和我来往的一天一天地多起来，我在他们当中挑选了一些人，排了两个戏，一个是《少奶奶的扇子》，一个是《回家以后》。还有一个独幕剧，我忘了是什么。演的地方是总商会，收入是妇女青年会的。那回费了好多事没能做到男女合演，但是几个角色都还算过得去而且他们很热心排练，足有一个月不断的工夫才上演的，成绩不能算坏。我最初没想到要这样长的时间，本想还排一出易卜生的戏，以后因为行期已定，便只好作为罢论。我回到上海以后，还时常接到奉天学生来的信，好像从那回以后，他们并没有继续地表演。有的对于他本省的政治和社会异常不满，希求革命，词意之间，异常激烈，在国民军得了武汉以后，忽然没有音信了。

在奉天排戏作文读书之外，唯与七达、大光纵谈。大光他实在是精明强干，在官办储蓄会有个小事，不足以展其才。七达在市政公所当科长，他本是日本京都大学的工科生，在市政公所颇有实权，还有建筑工程以及车辆之类都归他管，在旁人可以借此发财，但是他公私之界限极严，清贫自守，分寸不逾，有个德国人送他一辆汽车，他拒而不受，每天只在冰雪中跑路。他除工程学、机械学而外，还留心军事教育，和政治的史料，颇有效死国家之志。现在他们两位也不知怎么样了。因为职业变迁，通讯地址更变，玉衡又到美国去了，无从询问消息，今年春天不知在哪里听得玉衡已经回了国，可是我还没写信问他。

临动身的头一天下午，玉衡介绍我见了张汉卿，坐他的军用飞机玩了一小时，这是一个新经验。从飞机下来，饮了一夜山东老酒，第二天清早上了火车，一路上冰雪坚凝，还是全无绿意，谁知一进山海关过不到几站桃花已经红了。

在北平住了一星期，因第一台催归匆匆同到上海，从此我的生活，又不免陷于苦闷之境。

我从奉天回到上海，简直没有休息，便在第一台登台了。那时是信芳管理后台，一班都是熟人，也就没有什么特别的困难。信芳正排《汉刘邦》，我也帮他搜集些资料，但因卖座不甚好，只好一本一本地赶着排下去。他固然是忙得个不了，我也曾梳着古装在下场略为有空的时候笔不停挥地写。这本戏当然说不上什么意义和编制法，不过是求其卖钱而已。但是周信芳是个欢喜读些中国书的人。他一面求卖钱，一面又想把他的书放进戏里去，于是不得不把正史、稗史咬文嚼字和机关戏法拼凑在一处。我记得在第二本里饰的是虞姬，还有一本不记得饰一个什么姬人，和刘邦一同逃走，走到一间庙里，而追兵已至，两个便藏在香炉里面，菩萨显圣，追兵翻转香炉竟是空的，这便是机关的巧妙。人进机关，后台叫作钻机关，当我们钻进香炉里面，仅仅容得下两个人，还要用特别紧凑的方法互相拥抱，所以逼得连气都出不来。我们跑过好几个过场，往炉里一跳，蜷伏下去，和伏酸菜一样，一个木盖从上面压紧，只听得彼此的肺部和外面的锣鼓一样紧张，隆咚隆咚地响个不住。他的汗一点一点地滴在我的颈上，而台下彩声大作。从机关中钻了出来，不免粉黛交下；赶忙拂一拂尘土，改一改化装，换上一套衣服，如此喘息未定，又匆匆地走出去大唱其整段的二黄，风尘仆仆的我，这样连来几天，嗓音便受了影响。

登台没有多久，忽发了偻麻质斯，左脚大趾痛不能行，只得告假养病，一连两个多月坐了不能动，计算起来，并请假扣去的薪水和医药费整整又损失三千元。到了冬天，第一台主人因积欠太深，倡议改组，我又和信芳、灵珠诸人当起合股的老板来，结果赔本不少，戏馆还是被人家占了去了。我从此更厌倦这种生活，不想再登台卖艺，我并不怕穷，不过钻机关唱联弹，还要靠借债过日子，也就觉得太不值得了。

从第一台出来，卜万苍拉我同进民新影片公司当编辑。我替他们编了一出《玉洁冰清》，并且还自己演了一个角色，片子还没有出来，我却又应了汉口的聘。最初本只说是去演一个星期，谁知从登台那日起已经订去了半个月的包厢，以后接接连连竟演了两个月。恰好《玉洁冰清》的影片到了汉口，我率性多住几星期，做了些推销的工作。影片演完，又演了一个星期的戏，这才回到上海。

此次到汉口，有一件事我还记得：汉口——不仅汉口，大凡在内地各埠，戏子不能公然逛窑子，因为那是老爷少爷们的特权。民国以来，这个风气略为改了一些，但是戏子逛窑子，或是妓女接待戏子，一般人还是认为是罪恶——有一个唱武生的在新市场大舞台演戏，虽然俗不堪耐，却也颇能叫座。其叫座之能力全靠吸引女看客，这些女客之中，妓女当然占一部分。这位先生极力替自己做广告，着实不免有些近于招摇：他到晚上在草帽上装上三盏小电灯坐着汽车在马路上穿来穿去，引得行人驻足而观，他却自鸣得意，不以为丑。

他姘识了一个妓女，和他私下订了婚约，并且约定在他合同满时同回上海。谁知这个妓女有一个熟客硬要娶她，那位先生是个富商，年纪七十多岁，还十分留心内宠，在这个妓女那里大约花过不少的钱，他听见这个消息，便去和警察厅长商量，以败坏风纪淫污闺闱的罪名从严究办，便把这位武生押了起来。这位武生他本和吴佩孚的几个下级军官是朋友，这几个军官想用强力从警察厅保他出来。于是警察厅以非常手段提来拷问，不由分说，先用木锤将他的左右脚踝骨打断。以后不知道怎么样，这件事传到吴佩孚耳朵里去，他老人家是个维持风化的老先生，也就主张重办。

新市场的一班董事全是巨绅富贾，当其剧场兴旺观客盈门的时候，他们也都欣然色喜，深以那武生的广告吸引为然，一到了闹出乱子来了，他们立刻都起来维持风化。其中大多数主张枷号游街，有一个买办便主张枪毙，以儆效尤，大家也就同声附和。在正要游街的头一天，我恰好到了汉口，那一天的报纸关于这件事很热闹地登载着，许多人打听路线，预备看热闹。

我觉得这种事情太可笑了，我匆匆下了栈房，立刻去找了许多熟人替他疏通。遇到几个明白点的绅士，他们约我晚上在华商总会去谈淡。

晚上到了华商总会，当地名人大都见着了，他们正在谈着这个案件。我见他们七嘴八舌，似乎不便替那武生辩护，我只好以参加讨论的态度和他们谈话。我说："某人虽是品行不好，事情总出在你们各位管辖的新市场，惩办过了，叫他立刻离开汉口，各位维持地方的责任也就尽了。他如今肢体已经毁损，同时剥夺去一切公权，也就不算罚得很轻。如果处理得太重，恐怕大家也不能十分心安理得罢。而且，拿去游街，在他个人至多不再到汉口，但若这样办，似乎把新市场的弱点极力鼓吹一样，恐怕更不好办罢。"他们听了我的话也颇以为然，于是介绍我在第二间房里见了那个警察厅长。那厅长不记得姓甚了。他是东京法政速成学生。瘦瘦的，两撇小胡子，穿着长衫马褂，抽着水烟，他说在东京见过我，我却完全记不起来。我简单和他谈了几句，他也并不坚持说要怎么办。结果游街的事收回成命，过了一向，那武生被罚了六百元驱逐出境。那个妓女仍然花枝招展，时时到新市场大舞台看戏，她得了那种特别广告的帮助，格外知名了。

汉口夏天的奇热，这一年我才头一次经过，当《玉洁冰清》影片开演的那几晚，深夜都是华氏九十八度。我每天冲冒暑热，忙过不了。等影片演完，我动身回上海的时候，革命军已经攻下岳州了。

我回到上海，万苍因和侯曜不合，离开了民新，民新便叫我当导演。我一个尽料的外行，被逼得勉强工作，一切不免都感到困苦，但在一年之中，却增进了不少摄影场和暗房中的知识和经验，而电影界的生活，也亲身尝着了。

中国电影演员的生活，正和从前文明戏的演员差不多。所不同的，最初期的文明戏演员，都带几分浪人气，以后的便都带几分市井流气，而电影演员因时代的不同，都装点出些西洋气——从表面上看，男演员大概有一身夜礼服，女演员大概有几件半西式的漂亮衣裳（当然那些临时雇用的小演员不在此例）。跳舞场他们时常要去，所以衣服也要相当地整齐，门面总是不能不要的。但是，那些穿漂亮衣服坐汽车吃洋糖的女明星，回到家里去不见得有钱买米。有一次七个明星在一间房里坐着等夜饭，七个人倾囊拼凑，不到五块大洋，那些男明星便更不用说了。从前有些女演员要在咖啡店去当女侍，大引起影剧界的反对，老实说，干这种副业，也正为正业的经济条件不充足的缘故。据说还有秘密营他种副业的，只要不抛头露面，在中国社会里也尽可以认为没有其事，何以女侍便认为丢脸些？有个朋友对我说："尽管去嫖，却千万不可到跳舞场。跳舞场许多人看见。嫖，只要自己不张扬，可以不让一个人知道。"中国人的处世哲学，这是一个大关节。

我在民新公司的时候，女主角都是些夫人小姐，另是一个派头。民新对导演的待遇似乎也比别的公司优些，有些小公司的导演，一个月只有几十元的薪金，却从早至晚，从晚到天亮，很少闲空，做充分的休息。

在中国电影界当导演有几件事要注意——一、用钱要极少；二、出片要极快；三、片子要能卖钱。所以要苦心去揣摩风气，还有就是要绝对耐得辛苦，要受得气。前三桩是连类来的，如果用钱多，出片慢，卖不着钱，三者有一于此，必大听其不堪的闲话。三者都不如程，便要被排挤，丢了饭碗。

至于受辛苦一层，不必多说，也可想而知。片子要出得快，当然要赶。有炭精灯的公司，往往一夜拍到大天光，白天还要赶着整理片子和剧本，还要布置演员，选择外景，检点布景服装，以及处理临时发生的事务。导演要能全盘打算，稍一不留神便弄出笑话来。那没有灯的公司便把时间反过来，白天从早晨八九时到太阳落山拍戏，晚上办其他的事。

老板不容易敷衍，演员也不容易驾驶。有面子的演员往往不听话，还爱闹闹脾气；小演员虽然不敢闹脾气，可是大都没有才能，或是有些才能，又少了训练。所以万万不宜燥急，有时候为公为私都有忍气吞声的必要，求其方方面面取得信仰，有相当的威权，也不是一朝一夕之力可以做到的。

外国的影片公司，设备很周，分工很细，各部分又都很健全，所以导演不致太过烦心，而且资本时间比较充足，不致拼命死赶。中国的公司资本周转不来，设备又不完全，全靠拿命去拼，所以累死了也出不了什么好的东西。日本影界的情形与中国相去也不甚远。

我当了一年多导演，增进不少的阅历，尤其和女演员办交涉，从到摄影场才是破题儿第一遭。我虽干过爱美剧团的事，对于女演员另外有人负责，所以与我没有什么关系。我生平最不会敷衍女人，所以女演员和我发生好感的很少。在拍戏的时候，她们往往会生气，往往不依规则，有时弄得不好，又会大哭不止。起初对这种情形觉得为难，久而久之，看惯了，也就麻木不仁，若无其事。

有些导演欢喜请女演员吃饭。我有一个同道的朋友，请了几个女明星到大华饭店吃晚饭，她们大点其菜——大华点菜是很贵的，每盘要两元——结果他对我说："她们真糟，点了菜又不吃，真害得我好苦，半个月薪水没有了！"说着大笑一阵。这样的经验可惜我还没有。我在民新公司约满之后，没有继续，从那里出来又零零碎碎到内地各埠去演了几次戏。以后我很厌倦登台，只想多读点书，多写几篇剧本，差不多有半年光景，整天坐在家里。那时候许多干戏剧运动的朋友也都没有办法，以为只好从文字上多努点力，所以全钻到书斋里去。恰好革命军下了长江，上海一班文人多从书斋里跑到街上，可是平日没有多多积累，急切也无以自见。在这种新旧交替的时候，颇有青黄不接之概，过渡期的情形，大概总是这样吧？

那时上海的新剧团还是戏剧协社比较活动点。田汉从"醒狮"退出来组织南国社，我也在内。当时各社的目的意见都大致相同，所以社员彼此也可共通。辛酉社对于社员似乎有种具体的规定。戏剧协社呢，因为几个女演员都是比较爱谈礼教，所以对于社员的加入无形有一个分寸。南国社比较开放，社章和社员名录从来没有，但是其中份子，不是田汉的朋友便是他的学生，外来加入的也还是不多。

久而久之，各社的内容渐有更变，自然而然渐有分道扬镳之概。当革命军打到南京，上海的艺术界一时昂奋起来，傅彦芰、朱应鹏、丁衍镛、黎锦晖诸人约会上海文艺界露面的许多人，要想联合组织一个艺术协会，就借黎氏所办的歌舞学校开会。我和田汉、洪深等也到会的。当时邀约的柬帖上只写的是个人，到会以后却叫每个人代表一个团体，不能代表也要依附一个团体。这种情形各人都不免有些莫名其妙，临时竟没有办法。彦芰立上讲台说：“我们为中国艺术界的前途，为艺术的革命，大家要一齐努力，能代表也要代表，不能代表也要代表！不赞成联合起来做革命工作的就请退出！”当时有人站起来要想分析“赞成联合”与“代表到会”两种性质，但是满场空气很紧张，谁也没有辩说的余地。朱应鹏便宣布请大家签字。我和老田略为商量一下，当场他代表南国社；那时我们正在筹备一个革命文艺杂志，我便代表杂志社；洪深代表戏剧协社；同时都签了字当场投票选举委员，又把我们几个选在里面。公推田汉起草作宣言，我和其余几个人分别写章程，办理常务。自后每日一会，却也忙乱了一向。我有一天对彦芰说：“你那天说两句话很像一个政治家。”他说：“我有一天到总工会去看他们开会，会场中有一个人问喊口号有什么用处，他觉得那种做法没有道理，而且人家只听见喊叫，不明白意思。主席马上答复说：'他们不明白，叫得让他们明白！'我也叫得让他们明白罢了。"

田汉的宣言颇费了斟酌，可是还没有写好，这个会已经起了变化：第一，市党部的意思说不能用团体名义组合，只能以个人名义加入，这一来无异于将原议根本推翻。加之工潮腾沸，租界戒严，又继之以清党，这同事也就无形消灭了。可是傅、朱和还有几位，这回都加入了国民党，有的不久便当起委员来。

南京总司令部政治部约田汉去当顾问，宣传处设立有艺术一科。田汉领着唐槐秋、唐夫人、顾梦鹤、严雨今、唐琳、易素女士、黎清照女士等到了南京，一时男男女女都穿起军装，挂起皮带来。田汉约我也同去，我正应了大舞台的聘，一时走不开，过了一个月，我才辞了大舞台的事去到南京，把在日本成城学校学过的军礼，重新温习，居然假装起革命军人的样子来。

在南京的事情，当时有一篇《国民剧场的经过》，让我把它录在下面，当时的记事，比目下的追忆或者更清楚些，这也是生平一种经历，在我个人不能不认为重大的。

国民剧场的经过

我们做了多少年国家剧场与地方剧场的梦，总没有机会实现，就连一个小剧场，都组织不起来。这要怪我们文艺界同人力量薄弱。不过在近十几年来这样瞬息万变民不聊生的时局之下，我们也实在逼得一筹莫展。观望敷衍是不能免的事实，妥协将就也有不得已的苦衷。然而这是一时的，我们的步伐丝毫没有乱，工作一刻没有停，希望仍然十分热烈，心血时常一样的沸腾。我们在艰难困苦之中，每每感到斗争的兴味，却随时随地负荷着过渡时代的悲哀。

大凡社会事业，总不能脱离政治关系。青天白日旗飞扬到长江的下游，全国的空气，都得着无穷的兴奋，沉闷的社会登时觉得生气勃然。我们大家掬诚致敬，感谢革命军的战士，同时加紧着我们的努力，眼见得理想之实现就不远了。

南京是我们的新都，自然少不得些新艺术的装点。革命的纪念塔，要建筑在艺术上面，正人心，培风俗，洗涤现在，启示将来，也舍艺术无所归。我们好比受监禁的囚徒，苦于饥渴，听见政府有艺术科之设，便似得了自由的门径，怎么不图自救呢？

我自从民新影片公司出来以后，混了些时，又上了个多月的医院刚刚病愈，恰好大舞台邀我去帮忙，说来说去，居然订了半年合同。大舞台是上海近来有名的好班子，唱戏又不吃力，钱又靠得住。"什么全别管，吃饭就完了。""时局还没有定，你混着再说罢。""大舞台唱唱戏，每月拿几百千把块钱过日子多舒服？何必空想什么革命呢？"这都是朋友劝我的话。可是又有人向我说："你去唱狸猫吗？唱观音吗？这又何苦！"朋友实在关切我。我呢，明知道目下流行的本戏，我是唱不好的，不过艺术和文学，始终当不了饭吃，莎士比亚当时替人牵马，华格拉替人抄写乐谱，孔子也尝为委吏，我除了劳力，没有捷径可以得衣食，社会上对于专门家，尤其没有丝毫的保障，我们这些人不能不吃饭，儿女不能不读书，既不能天天向朋友借钱，又不能跟着英雄豪杰去变戏法，得了罢，决意跟着大舞台后台一班苦朋友，钻几场机关布景，唱几句九音联弹，诌几段善有善报恶有恶报大快人心的场子，叫看客们呵呵一笑，大家好吃饭呵！

大舞台自有一种常常照顾的看客，生意的重心，是在三层楼和两廊。那些主顾们，爱看的是场子热闹火爆，动作要爽利快捷，情节要容易明了。爱听的腔调是要调门高，要气长，要腔多而熟，如《露兰春》《莲英托梦》一类，最为欢迎。我是否能在这几个标准之下当选，颇有自知之明，所以既不敢在排戏里面参加丝毫意见，也不敢将我所编的那几出温戏拿出来卖弄，只是做童养媳一般盲目地随着混混罢了。可是每每觉得我虽然挂着正牌，连一个三路角色都比不上，这是何等的滋味？

大舞台后台的同事们待我非常的好，他们见着我极有礼貌，而且对于戏剧上时常促膝讨论—还有许多人愿以师礼事我，我无论有什么事，他们都非常的关切，我实在感激他们。他们对于我的戏颇表同情，每逢我唱单头戏，有许多人到台下去看，看完了，再来与我仔细地讨论批评，我也就便将我的理想对他们讲说。他们没事的时候，也毫不客气地告诉我他们的经历和见解，我于此得他们的益处也不少。他们对于目下的连台戏并不满意，他们说："机关快没得变了，联弹快唱厌了，以后的饭怎么吃？"这几句话道破目下戏剧界的危机，可见人人希望有一种新的创造。可是创造不是咄嗟立办的事，要编一出戏，必须要经很多次的推敲，那自然要相当的时日——华格拉《尼布伦肯》二十五年才完成呢，就是易卜生也不过一年做一个剧本。若说到歌剧，尤其难弄，要有新的创造，非有新的音乐不可。

无论是学理，是新思想，是新艺术，绝不能没有历史的根据，有爱因斯坦的相对论，必先有牛顿的三大定律。欧洲各国的音乐，都是从意大利音乐渐次蜕化而来。我国的音乐，有几千年的历史，并且各处歌谣，都有它很浓厚的地方色彩，只要加以整理改造，便可以有很好的成绩。我不是音乐专家，够不上说负这责任，我也曾经同许多专家谈过，他们都很以为然。不过中国音乐家生活的穷困，又怎么能够专心于此？至于戏馆的老板们，更是想不到这层。这也难怪，他们既不知道有艺术和文学，也梦不到现在过了还有将来。甚至于他们的管业计划，也是短期的，所谓"抢一抢"，抢着了就收手，抢不着便只好自认倒霉，再等机会。

大舞台的办法，是后台演员三五人与前台合作的。他们十股老板，每股一千元，总共不过一万元，外加案目茶房的押柜，合计不过一万三四千元。总算运气好，平平稳稳维持了十年。这十年之中，他们自然是在营业上没有放松一步。像大舞台那种戏馆，平常日子不添京角，每月开销平均要一万六七千元，他们的真正资本只有一万元，倘若是卖不进来，岂不马上就要停办？老实说戏班子里的同人，都是些光蛋，有积蓄的实在是凤毛麟角，哪里来的钱来赔？招牌挂得尽管辉乎其煌，拆穿了说，不过是混一天算一天。在上海的戏馆里，除了仍然邀几个京角可以哄一哄外，没有新排的戏自然站不住。至于排戏的标准，第一就是要迎合看客的心理：大家欢迎神怪，便匆匆忙忙赶一本神怪戏；欢迎皇帝，便来一出真命天子；怕他们看短了说不佳，便从六点钟唱到一点钟；怕他们说少了不值，便将两本的材料紧缩在一夜演完，挂起两本一夜演完的广告，以资招徕，哪里还有什么戏剧上的主张？也绝不许你有主张啊！目下还算好，一本戏平均能够唱一两个月，已经是弄得人筋力尽。从前每一礼拜，甚至于每三天要换新戏，试想怎么能够好得了？所以有许多人责备上海各舞台说，为什么不改良，为什么不进步，这都是不负责的话。

我于是看到了两点：一、要就戏剧加以改造或重新创作，全靠站在职业的剧场以外的专门戏剧家拿牺牲的精神努力贯彻主张；二、要公家有相当补助来建设一个小剧场以为模范。我听见南京总政治部有艺术一科，艺术科又有戏剧一股，自然是心向往之，不过那时候我初进大舞台，才订合同，不能离开上海。可巧褚保衡从南京到了上海，把田寿昌、唐槐秋及南国公司的职演员全拉到南京去办戏剧及电影两股的事。寿昌去到南京回来的时候，对我说起，说南京气象还好，陈铭枢、刘文岛两主任，对于艺术都很热心，经费也相当的充裕，只要有人努力去干，必然能够渐渐地实现一部分理想，所以劝我也加入，可是总没有具体的办法。随后朱隐青因郑心南的介绍又从南京来看我，我们与寿昌三人谈了很久，结果是我决定一个月后到南京去。跟着我便告了一天假到南京去看了一趟，事情就算定了。我便开始与大舞台办交涉，我说愿意帮一个月忙，实行合同上的规定。他们自然照例留我，后来见我很坚决，也就答应了。我帮忙不过二十天，童子卿、赵如泉二位很客气地设宴替我送行，到了我从南京要回来的时候，他们十股东仍然将我帮忙期内应得的薪水，送了过来，我很感谢他们的厚意。可是那时候他们已经散伙了，我在南京计划也因政变而中止了。

当其我与大舞台订了合同，我妻韵秋便替我仔细打算，怎样的持家，怎样的还账，后来听见要到南京去，她口中不言，心中闷闷，她愁着一家不易支持：大舞台第一个月的薪水，后台开销以及添置行头，早已用完了，第二个月就没有收入。南京的月薪算是定得最丰的了，二百多块钱，不过抵演剧薪水四分之一，有时还拿不着，一声要到南京，另谋住处，另起炉灶，又怎样开销呢？两处的开销，又怎么够呢？她想的实在不错，可是我那时候完全没有顾及，我只觉得艺术家当然要革命，革命的社会，应当培养革命的艺术，我只要小剧场成功，便也无暇顾及家事了。当时有些关切的朋友来告诉我，说南京的局面不久要变，总宜慎重些，这层我也明白，只是不信会有那样快。我想剧场只要能照我预定的计划开演一两个月，我便能将演员的团体结得坚固。社会上对我们的主张，必有相当的同情，售券的收入，可以慢慢地维持生活，就是政治部万一津贴减少，或者甚至于没有津贴，也不至中途解散。并且我想政局虽变，未必一个剧团都要连带解散，就是解散，我总算有过一番努力，总比坐着没有动的好，谁知结果只开演了三天！

我在政治部的名义是艺术指导员，没有阶级，同顾问差不多的位置，也不属于哪一处哪一科，不过我自己规定只担任戏剧股的事。我第一步就是组织剧场与一个演剧宣传队。在军政时期，军事正在进行，敌人没有就范，人心浮动，所以要极力地宣传主义，鼓吹革命。就宣传的工作论起来，标语和口号的力量自然很大，讲演也可以拢得住群众的精神。不过这些方法都是单刀直入的，警告的，教训的，煽动的，甚至是命令的。艺术便不然，艺术是注重暗示，诱导和感化的。要求宣传的意义深入人心，非借重艺术不可。俄国在革命以后，极力保护艺术家可见其用意。政治部设艺术科，用意也不过如此。我们既是在政治部服务，当然不是拿艺术来讲娱乐和陶冶性情，也没有许多的余裕来做过于专门的工夫，宣传的工作，我们是要切实用一番心血的。不过我当时有个坚决的主张，就是要用艺术来宣传，必先有艺术。我认为必要组织剧场，因为舞台艺术非借舞台为媒介不能表现，而且演剧宣传的队员，全是新招募的，非有训练不可，总要给他们些表演的标准和练习的机会。至于剧场之于文化于社会的效用，更无庸多表彰的。

演剧宣传队的计划，我已经怀了将近十年了。我的意思是要组织一个团体，用相当的时间，授以演剧的技术，于是预备些旅行用具，率领着他们到乡下去演戏，一面表演，一面再随时训练。每到一处，我们便将那地方的人情风俗民生状况，客观地记载下来。随时发表。我们也不打旗帜，也不标主义，好像就是一个普通的江湖班，使民众容易同我们接近。我们可以利用音乐、歌曲、舞蹈、默剧、户外剧、二黄戏种种，做媒介钻进民众里面去。我们一面演戏给他们看，一面可以将我们所编的歌曲，随时教给小孩子们唱，这样只要行三五年，我们的团体建筑在民众上的基础，必然巩固，真善美的种子种在民众心中必然渐渐地发出嫩芽，这便是革命的一大势力。而且我们的记载，可以供风俗学者、社会学者等及各方面的参考。有人以为这种办法，过于迂缓，不切实用，我以为革命不是一时的，是应当不断的，目前的功利不可看得太重，根本的整理不可看得太轻。吗啡针的作用固然很明显，滋养料的供给，是万万不能断的。

演剧宣传队员招齐了，剧场也组织好了，就取名叫国民剧场。演剧的节目，是话剧与歌剧并重。我以为在中国音乐没有加以整理，新歌剧没有产生以前，旧戏不能废。不过要把舞台装置、表演法、场子、与乎剧情的内容，极力使其近代化。关于这一层，我想另外作篇文字，详细谈谈，这里不多说了。

国民剧场的演员是从上海聘去的，有些是旧戏演员，有些是南通伶工学校的学生，还有王泊生君及吴瑞燕、杨泽蘅、黄玉如女士，是北京艺专最出风头的学生。他们许多人都是有事情的，他们情愿减少收入，随我到南京去住破屋子，喝咸水，大家都是很高兴的。只有高百岁临时变了卦，我知道他在某种势力之下，有难言的苦衷，我也绝不怪他。

南京最难弄的就是房子，因为空地多，住房少。自从政府成立，南京城里的房子几乎没有一间不满的。我们花了许多冤枉钱，费了许多的时日，好容易把府东街的戏馆弄妥，又好容易才租得许家巷的一所房子做宿舍。那些二房东还要从中渔利，他们情愿让军阀的军队占用，绝不容受好意的商量，真是可怪。我们只要租到了手，也就不暇去多说话了。

府东街的戏馆，实在是破烂得不堪，上头漏，下头湿，栏杆都断了，楼板一走就陷下去。原有的椅子，大半被从前的军队当了柴火，总之没有一样不是七零八落。我们样样重新修理，重新油漆，重新添置：装电灯，做布景，置行头，置乐器，费了一个月的工夫，一切全备，有来看的，都说是南京第一。我们原定八月十日开幕，以后因为火车罢工，木料不能运进城，又推迟了几天，到十七日才开幕。还没有开幕，蒋总司令早到了上海，中央政府的委员，不知怎么样也都溜了。孙军的炮从浦口接接连连地打了来，满城风雨，宣布特别戒严，火车上到上海的人，连车顶上都满了，我们在这个时候，仍然照预定的日子开了幕。

头三天本来请了各机关法团看的，所以都是赠券。那时候刘文岛主任对我说："在这种时候，你就是送票都没有人来看戏的。"谁想大小其然，到了七点钟已经人都满了，外面还有许多人强勉要买票。

开幕的第一天，我们演的节目是：我与潘伯英合作的《革命前进曲》，丁西林编的《压迫》，戏剧股长唐槐秋编制的默剧《降魔舞》，还有拙作歌剧《荆轲》。看客颇为欢迎，评判也相当的满意，最可喜的有许多同志写信来讨论剧情，总算不寂寞。

第二天（十八日）风声又紧了些。看客比上一天更多，挤得水泄不通。我们也格外地起劲，连夜预备发行第二次的《特刊》

（但是出版印刷两股的人都走光了），又准备在二十日下午，要到野外去演一个拙作户外剧，名叫《入伍的兵》。戏剧股办事人本就很少，我和唐槐秋往往每天做上十几小时的工作，开演以后格外忙，但是丝毫不觉疲倦。因为队员有许多不来了，演员又有人生病，我与唐槐秋还要去装太监，跑龙套，扮县官，这是生平没有干过的，一上台许多人都笑了。第一次的《特刊》，差不多四分之三是我一个人在六个钟头里写成的，我从来写文章没有像那样快过。只是一递一递的人来报消息，却把我苦坏了。

第三天（十九日）各机关完全停顿了。可是不到六点钟看戏的人就满了。许多的伤兵硬要进去，怎么都讲不通，约在礼拜日送票请他们看，也不答应，几几乎闹起来，而门外的人更有加无已。那几天的招待员，都是政治部的前敌宣传员自告奋勇来的。他们没有法子了，便有人打电话与戒严司令部，不多时，宪兵来了，戒严司令部的兵也来了，好容易将秩序维持住。

场内的看客堆起来了，台上的戏慢慢地进行着，谭抒真新作的《革命军凯旋曲》，由总司令军乐队全体出奏，受了盛大的欢迎。那天晚上因为王泊生太劳苦了，没有演《压迫》，添演了两出旧戏。

梵铃、瑟罗，和钢琴的声音，悠悠扬扬地响起来，是潘伯英和前伶工学校乐队队员周生善同，姜生志宪等组织的西洋管弦乐幕开了，默剧《降魔舞》正登场，十几个舞女正在那里降槐秋饰的魔王，我妻韵秋管着下场门的回光灯，我就扮着龙套，一面管着上场门的电光，注视那些舞女的步伐，比头两天格外整齐，舞到一小时半的时候，台下的看客静得没有一些声息。忽然听得砰的一声，好像廊下炸了电灯泡。台下的观众却都没有注意，只有极少数的人，回头看看，台上的跳舞的女孩子也丝毫没有慌，一会儿全剧演完，才有人来报告，说是门外头打伤了五个看热闹的人。问起肇事的原因，却没有人说得出，有人说是枪走了火，有人说是被捣乱分子掷了一个小炸弹。要说是枪呢，如何一响连伤五人？有一人受两伤的，有一个人膀子上去了，一块肉，有一个人肩上穿一个小洞。若说是炸弹呢，却有一个受伤的人说是卫兵开枪。当时在门内有政治部的卫兵一名，在门外就有宪兵和戒严司令部的兵，谁也说不出是哪个开枪的。我们的招待员等，自然没有权利去检查那些兵上，他们因为没有什么看客来了，都在门内，所以门外的事也不甚了了。据兵士们就都说是炸弹。

出事以后，歌剧《荆轲》仍然上了场。戒严司令部的军官，坚决地要求我们停演，他说风声紧急，万一不停演，再闹出事来，他们不能负责。我们当然没法，只好停演，谁知观众不肯散。朱隐青科长便对大众说明伤人的事，及戒严司令部的意思，问大家，是赞成停演的便请站起来退场，赞成演下去的便坐着不要动，结果只有三个人立起来，其余的人都坐着不起身，那三个人看见大家不动，也复身坐下了。没有法子只好接续再演，他们仍然是笑逐颜开地拍掌。

到了十一点钟，戏还没有演毕，外边情形似乎很严重，宪兵走了，戒严司令部的兵也再不能耐了，我们才宣布停演。军乐队奏一个很长的曲子送着观众慢慢地散尽，我们也就收拾收拾整队回到宿舍。那时候伤的人送到医院去了。地上墙上都是鲜红的血迹，街上的人看见我们走过，一丛一丛地窃窃私语。我们到了宿舍，计议次日是否开演售票，没有决定，又听见伤者之中已经有一个人死了。

次晨，我一起床就去见刘主任，说起昨夜之事，他说不能演了，再演还要出事情。他想解散，但是还欠了木匠，厨子，和行头的店账，总共要千多块，一时哪里拿得出？没有法子，他便写了一张手谕，叫将国民剧场暂行移沪再行设法，又拨三百元作为移迁之费。那大下午他也走了，政治部的人几乎空了。下关的炮声越发厉害，一切都无负责之人，如是我们便打算动身。但是我实在有无穷的留恋，人家说南京太荒凉，我说因为荒凉，才要我们来给他温暖。因为一无所有，我们正好在这片空地上照着我们的意思来建筑。这小小的国民剧场，借的是破旧房子，虽然因陋就简，却也整齐干净，我还想在这瘠地上培植些花木，谁想一阵罡风连泥土都刮去了！我只好怀着许多种子，另外再种呵，我是丝毫不感觉失意的。

我见了刘主任后，回到宿舍，路上遇着一口棺材，听人说伤者又死了一个。到宿舍的门口，有勤务兵来说一共死了三个，两个大人，一个小孩子，他们真死得冤枉，谁都觉得很难过。出事是在剧场以外，于剧场当然没有责任，不过在平日我们很可以演一天戏抚恤他们，不然就是政治部也要想个法子，偏偏遇到政治部本身停顿，也竟是无法过问，我不过勉强向街坊邻居，表示一种说不出的意思罢了。二十一日我清晨到军事委员交通处，请替我们设法挂辆三等车，办妥回来，遇见第三路总指挥政治训练处要留我们，以后听见各军政治训练处都要裁撤，只好作为罢论。我想孙军万不会过江，只要有法子维持伙食，维持开演时的秩序，便可不走，所以又请几个处长去请示军事委员会，结果也没有办法，最后还是非回上海不可。但是挂车没有了，我饿着肚子，在中正街火车站太阳地下守了一天。总算凑巧，弄着了三辆装牛马的车，才将行李装好，真费了不少的事。

人都到了车站，车要开了，我妻忽然病发昏绝——两个月来她帮我办事，一面理家，操劳过度，加之以惊骇暑气，便不能支持了。请了个医生来注射用药，方才醒了过来，用行军床抬着放在铁棚车内。好容易等着一个车头要开了，忽然听说下关被隔江的炮打坏了一个车头，不能前进，后来勉强开车，到下关已经没有炮声，可是与军事管理处煞费商量，始终没有车辆。军车是满而又满，客车已经是无从买票，那军事管理处处长，也只好打几句官话回城去了。我们大家坐在水门汀地上，暂时买些烧饼之类点饥，我吃了一碗馄饨，真是生平未有的鲜美！等到客车到了，我们只好分几队硬挤上车去，幸喜几位女士都很强健，居然占着了坐位。唐股长带着赵文连父女等九个人占一间女厕所，真是猗欤盛哉！我们的铁棚车因为是四个轮盘的，不能挂快车，只好等次日九点二十五分的慢车。我们弟兄夫妇、刘坤荣夫妇、理化民，和几个伶工学校的同学等，总共二十余人，挤在铁棚车里，牛马粪的臭味自然不免，夜静后连续不断的枪炮声亦复清脆可听。只有半夜，在我们的车上加挂十几辆车，一辆一辆地挂上去，把人的头都撞晕了，病人是格外禁不住的。等天亮了，知道九点十分的快车还没有开，便趁着乘客没来，先将妇女小孩子移上特别快车，我因为要先到上海设法存放物件，并预备款项，也就先一步动身，只留舍弟等十九人在慢车中押行李。预计他们不过迟两三小时，可抵北站，谁想我们到了，他们被孙军的间谍毁了铁道，在安亭出了轨，车子全翻在河里。车身都扁了，器物有许多压坏了。奇怪，他们十几个人一个都没有伤！舍弟在车翻的时候，从车中抛出，落在朝着天的车轮上，竟安然无恙。他当时低头一看，只听见许多人在车厢内叫救命，有的说他的头没有了，有的叫着他自己的名字，说他的心压扁了，结果都安然出险。车翻的时候，便有无数的土匪放枪来劫车，白总指挥的兵刚巧到了，开了几排手机关枪，方始打退。后来才知道这回事情，本是要不利于白健生的，不料他随后才到。可是那次两车手榴弹都没有爆发，只有两个兵被子弹箱压得受了重伤，真是不幸中之大幸。等到舍弟等都回来了，我们许多人费了很大的事，才把那些东西搬了回来，除掉剧场的椅子灯泡等有损失外，其余还好好保存着。如今事已过了，回想倒也有趣。最可感的是我们的同伴没有一个有不出死力帮助，照我们的机遇看起来，这回颇为可惜，照我们同志们的努力看起来，我们始终要大大的成功。

这次戏剧股用了将近一万四千元，领公家不过一万一千四百元，存的生财约值三千元，其余装修及杂用之费只好算是白费了，可惜一张票都没卖过，就此完结。演员们都付了一个月薪水，只是他们到上海，从前的事不能恢复，一个个多是高赋闲居。我与他们本有长久共事之约，遇此意外急变，也就无可如何。还有那些木匠、漆匠、厨子、行头店之类，都跟到上海等着要钱，他们只管问着我，好容易在朋友处设了小小法子，敷衍他们先回去了。刘主任他问我行头是否可变卖着还钱，可是漫说一时无人要，就是有人要戏班里的东西是转手就不值钱的，所以我极力想勉强保存着。我想在上海择一个地址开演，一来可以继续主张，二来也可安置这同心协力的团体，不料经过重重困难，始终成为画饼。我以为凡事只要有计划有主张，便不怕失败，南京开演三天，自然有相当的价值，所花的钱也绝不冤枉，所得到的是事业上的积累，社会绝不会冷淡我们的。

因为许多同伴们生活的关系，不免四处奔走。最初要槐秋到杭州去，想租西湖舞台开演。槐秋只带了三天的旅费在西湖却住了一礼拜，弄得几乎回不了上海。先以为朱隐青在那里可以想些法子，谁知他也穷得什么似的。

杭州既不成功，又在无锡去设法，无锡又不成。一想只有苏州可去，便由朋友介绍找着苏州新舞台的主人张某，和他磋商。正在谈条件凑股份的当口，有一个政治部的同事自己来找我，坚求附股二千元，我真是高兴极了，于是约定一天的下午签约定事。到了那天，一吃过午饭，就有许多人齐集在我家里，个个都欣然有喜色。谁知时间慢慢地过去，借款的人没有回信，附股的那个朋友也不见面，只送一信来说他急病入院。我急了，走到他寓所去看他，只见衣服帽子被褥丝毫不乱地陈列着，等了半天，不见一个人。我便租了一辆汽车赶到他信上所写的那个医院里去，又扑一个空。问起医院里的办事人，他们有些认识我，就替我遍查诸病室没有那个人，我回到家里，再去他寓所，已经搬空了。留下一封信给我，说他因为那个医院不好，换了中国红十字医院，等我去到那里仍然没有，我就证明是被欺了。以后才知道他以为我有钱，想从我处行他的方法，后来他看见我着实要靠他的钱办事，他其实是妙手空空，所以只得逃避。我们的事临时受了这个打击，一时没有办法，只好一面设法回复张某，一面另图别计。

恰好有人要办闸北更新舞台，想用我们的班底，来和我商量，我便答应了。不想伙伴中有一个票友，他完全不顾大局，他虽然本事有限，只是奇货自居。好容易勉强说妥，又经过许多的困难，费了无数的精神，居然把事办妥。

舞台租定，定钱交了，角色们的定洋也发了。登起广告，挂起牌，设好事务所，排好戏，静等开场。第一天晚上，我们还照例请几桌客招待些朋友，预备叫他们捧捧场。虽然费了不少的精力，而情形并不甚好，那天晚上总算睡得比较舒服。

第二天一切都妥当了，准备夜间开幕。到了下午，有许多女工在更新舞台大门口一间茶馆里开会，因为这间茶馆建筑的时候，大约有偷工减料的弊病，人多乘不住，一时全间楼倒塌下来，压死一百六十几个女工。遍地砖石木屑之中，睡着百余具鲜血淋漓的尸首，试问我们的戏还有什么法子开？而且这间茶楼本是更新的产业，墙壁相连，因为它倒了，对更新的本身便不能不发生疑问。警察来了，禁止出入，到这个时候，我只好对大家说一句"没有法子"，彼此分手。从此以后我也就不愿意再搭班子演戏。

我这篇《自我演戏以来》，写到这里作为结束。曾记得我有个好朋友，颇有知人之目。有一天他评判许多熟人，说某人怪，某人刁，某人清，某人浊，加我一个笨字，的确的确，我不仅是笨，而且很笨。我自知不聪明，便万万聪明不得，于是主张说笨话，干笨事，做笨功夫，这篇自述，也不过是笨话中之一篇罢了。

前半生的事，大致都说完了，这不过叙述平生的经历，乃用以自省，既不用夸张，也无所事其装点，只是想到哪里说到哪里。过去的事自顾何能满足？一成陈迹便忏悔也忏悔不来。若是造些理由，掩饰既往，实在可愧未来的事，是要看自己的才能和努力如何，有一分努力，便无论成败，无论别人知道不知道，总有一分成绩。空口说白话以伟大自期，似乎不免肉麻之诮，而且革命事业，也绝不容人独成其伟大。换句话说，"伟大"与"平凡"的界说到底怎么样？在我是不能详加辨释。窃以为人生重要的部分，只在日用寻常之中。宗教、哲学、科学、艺术，离开了日用寻常平凡之事，便都无从成立。或者越伟大越平凡，不平凡的只有天上的神仙，但是我们没有见过，要不然就是残害人类的偶像。从前功成万骨枯的将官，如今的什么什么，无非都是偶像作用。现在我们还脱离不了偶像崇拜的习惯，许多人似乎都希望能供多数人利用的偶像之存在，生怕偶像失了效力，便拼命去一重一重地装金，或者一面装点一个偶像，一面高呼打倒偶像，结果把自己造成偶像，这就是伟大。

我不过是个伶人，一个很平淡的伶人，就是现在我虽不登台演剧，也不过是一个伶人罢了，我对于演剧自问颇忠实，做一个伶人大约可以无愧，有人说我有相当的学识与普通的伶工有别，这是过去的笑话，难道一个伶工，像我这样一点点浅薄的知识都不要吗？

我怎样学会了演京戏

行家说学玩意儿有四步：会、通、精、化。单只会而不通，不算好玩意儿。通了还得求精。精益求精这才慢慢儿走入化境。化就是随心所欲，无不如意。在我的题目里提出一个"会"字，似乎并非夸大，可是回头一想，京戏里头我不会的玩意儿还多着呢，怎么就能说会？再一想，舞台上混了十几二十年，一点儿不会也说不过去。算会一点儿吧，我就来谈谈怎样学会了这一点儿。

旧日的科班，用暖房养花，火逼花开和填鸭子的方法，教小孩子唱戏，有很多地方是不合理的，可是它能限期刻日教会小孩儿上台。三年坐科出来，不管保成个角儿，也总会一套基本技术。梨园世家有的把小孩儿送进科班，有的请先生在家里教。小孩儿有父兄管着，不会浪费时间；上台的机会多，戏也看得多，这就容易学会。还有师傅带徒弟，要指着徒弟赚钱，就得使出全部精力培养徒弟。所以"内行"（职业演员）学戏特别专，就是说精力特别集中，而学的比较全面。不像票友只是业余活动，除少数例外大多数是单凭个人兴趣，很少可能按部就班进行刻苦的锻炼。

我不是科班出身。算票友吧，从来没参加过任何票房，单凭醉心戏剧，便选定了自己的职业，经过相当长时期的寻师访友，走过不少弯环曲折的路，碰过不少钉子，也栽过斤斗，这才也算在舞台上占了一个小小的位置。整整演了十五年，而被承认某人是个唱戏的。

我搞戏，家里人一致反对自不消说，亲戚朋友有的鄙视，有的发出慨叹，甚至于说欧阳家从此完了。我妻韵秋受了各方面的压力，写信劝我回家，我回信说挨一百个炸弹也不灰心，她也就不再说什么。及至我要"下海"演京戏，就连平日同在一块儿演新戏的朋友也来反对。有一个同学拉住我的手说："予倩，你怎么搞的！你怎么得了！搞搞新戏嘛，还可以说是社会教育，搞旧戏这算什么呢！……"此外还有不少人见着我就作怪相，还会说些冷言冷语，大概他们自以为是最聪明最高尚最有出息的人物，因此才看不起我，我也就不理睬他们。像这样，我学京戏只有人反对，没有人赞成，更没有人帮助。尤其困难的是演新戏的收入仅仅只够吃饭，又没有任何别的经济来源。那个时候出门经常没有车钱，想买张票看戏都很不容易。还记得梅兰芳第一次到上海，我很想看，可是只看过一次。

在以上的情形之下，我学戏只能是断断续续的，碰上机会就学一点儿。一丝一缕慢慢儿积累起来，由一句半句到一段两段，再拼凑成一个整出，尤其是最初的两出，费的时间特别长。当时我很羡慕人家有留声机，可是那种"奢侈品"在和我接近的朋友当中都很少有。

学京戏分四个重要的部分：唱、做、念、打。以歌剧而论，唱工当然是特别重要，可是中国的戏曲，对做工也非常重视。这和西洋大歌剧不同，它们是以声乐为主，对于做工——动作表情比较看为次要。中国戏曲是唱做并重，其中还有特别注重唱的"唱工戏"和特别注重做的"做工戏"。所以在四个重要部分当中，做工单列一门。至于念，就是道白，也就是台词，京戏特别讲究，艺人们认为比唱还难，有"四两唱，千斤白"的说法。打，就是武工。我们经常说"打武"，这两个字似乎不够通顺，好在打字可以作种种解释，说惯了也就没有什么。至于京戏中的武戏，原来是单独的一个部门，如果从汉朝的百戏谈起，可以说源远流长。它可以和文戏截然分开，可是在戏曲中早已一步一步与文戏相结合而产生文武并重的戏。武戏以武术为主，所谓打武，是一种节奏非常鲜明，舞蹈性非常强的武术动作，也可以说把武术的动作舞蹈化了。从中国的历史记载看，往往把武术、杂技和舞蹈混为一谈。现在京戏把武术和舞蹈融合起来，就是文戏的动作，也是舞蹈性的。但尽管如此，这些都不可能单独提出来当作舞蹈看，必须要与戏相结合，得到适当的运用才有生命。同时如果学京戏不把那一套舞蹈性的动作运用得异常熟练，就绝对演不好。演戏是身体的艺术，必须先锻炼身体——要使身体健康，发育平均，关节灵活，线条美丽，反应灵敏，节奏准确，这就必须练武工和学习舞蹈。老先生们说演戏要有武戏的底子，武戏要有幼工，这完全是正确的。唱文戏也必须要练腰腿，练舞蹈，对身体有个全面的要求。当我学戏的时候，还无从懂得这些道理，也因条件不够，不能作正规的学习。开始我只注意到唱工，以为唱好了就万事俱备，这是错误。本来旧式的青衣专重唱工，不过几段死唱究竟不行，这一点当时我是明白的。

一、学唱

我的唱最初是零零碎碎跟许多朋友学的，只要听见谁会唱，我就设法去和他拉点儿交情，慢慢儿向他请教。一开始什么都唱，后来慢慢儿发现我的嗓音，不能唱花脸，也不能唱老生，只宜唱青衣，这才专门学青衣。东学一点，西学一点，胡唱乱唱，经过三年，及至认识了小喜禄——姓陈名祥云，在南边有名的青衣——才知道我所唱的全是南派的腔，不行时的，这才跟他从新学北派。

据我的体会，所谓南派，就是从徽班一直传下来的老腔，北派就是经过余紫云、陈德霖、王瑶卿等许多位名家改造过的腔，有的是完全不同，有的只差几个工尺，主要的差别是在风格和韵味方面。一九一八年以前在上海的舞台上还可以听到像薛瑶卿、伍月华等几位老先生唱南派的腔调，以后便成了绝响。老派的青衣没有什么花腔，经过北京许多名艺人发展和创造，才成了今天的样子。南边青衣的唱工一直是保守着老一套，它的衰败和北腔的风靡一时并不是偶然的。

我那时候学唱，既不会记谱，又没有什么录音的工具，这就只能死记，教的人不可能给我很多时间，我也不好老去缠着他们。有的人愿教，有的人只欢喜自己研究不愿意教给别人，我有时听听，有时学学，一点一滴的把腔儿暗记下来。有的腔学两三遍就会了，有的学五六遍都不会，那就只能搁下再说，回到寓所一遍一遍自己琢磨。有时候好几天都弄不出来，想去找人再给说说又有困难——有些朋友非得陪他闲聊，非趁他的高兴不可；有

162

的还有怪脾气，白天死睡晚上才起床，不容易找到，那就只能随时随地从各方面留神，听别人唱，或者把自己学会了的腔反复着哼，有机会就学一点，这样不知不觉就能触类旁通，不会的忽然会了，记不住的也记住了。想学玩意儿第一要有耐性，不能急；不能一来就发脾气；条件不够，时间可能长一些，只要肯不断地往里钻，没有学不会的。当时我就是这样：除掉跟人学，不管是在戏馆里，在马路上，在酒馆里，旅馆里，或是朋友家里，只要听得到有人唱戏，我就可以留恋不走。住的地方因为人多，不好大声唱，我就在被窝里头轻轻地哼。这样发疯似的整整一年，就把一些基本腔调大体学会了，还学了一出完整的《彩楼配》，接着又学会了一出《宇宙锋》。从此以后就越来越快，越学越多。唱学得差不多了，就开始学身段，便不免急于想上台去试一试，而且自以为有好几年演新戏的经验，上台是决不会怯场，可是陈祥云说："不妨试一试，可还不行呢！"

一个偶然的机会，我演了一次堂会戏。演的是《彩楼配》。据说大体不错，只有两只袖子还得练练，于是我便借了一件旧青衣拼命练袖子、练脚步。又多学了几出戏，大约经过半年，就在上海第一台打了三天炮。那时候正当吴彩霞演期满了，第一台没有找到适当的青衣，便来邀我。经过一番斟酌，陈祥云极力怂恿，我便正式下海，搭了班子。

偶然演两三天，只要没有闹什么笑话，觉得颇为过瘾。一到搭上班子，那情形便大不相同：会的戏太少，舞台生疏，技术锻炼不够，越来越感觉到不能应付，每天都在紧张忙乱之中。

我第一次搭班子，拢总只会七出戏。照过去的情形这也勉强可以对付。后台管事照顾角儿，尽管不会硬派你演不会的戏，可是预先情商你也不好意思推却，这就得赶快找人学。一边演着一边学着，一百二十个耐心向人请教，一下后台，对所有的有关的配角，都得老老实实说明自己对那出戏不会，请他们给说说。往往他们以为没什么的地方，非常容易，在一个新的角色看来，因为没有试过就摸不着门，与其台上砸锅不如台下多问。因为我的态度十分诚恳，后台待我都不错，谁都愿意详详细细给我说，有的说得对，也有的说得不对，甚至于有的是瞎说，我都好好儿听着，再去请教别的内行，加以辨别订正。这样增加了不少知识，同时学会了不少出戏。但是这些戏都是赶着挤着学出来的，所以就不够细致。你既是应青衣的行当，那属于青衣的戏你就不能不会，所以当时我决心赶着多学，应付了演出再设法慢慢儿磨光。这种搞法滋味不佳，情绪也不可能很愉快，尤其是赶出来的戏，好比大锅菜，是不大下饭的，可是尽管如此，这还是一种有益的实际锻炼。

舞台不熟悉，技术锻炼不够是一个很大的困难。

我学唱的时间比较长，我有一条相当好的嗓子——有高有低，能宽能窄，又脆又亮，可刚可柔，这就是本钱。有本钱如果不会用那也是白饶。我对唱工尽管下过不少功夫，台上耍个把腔也有人叫好，可是越唱越觉得不归宫——就是说只凭嗓子好，使劲地唱，如同叫喊，抑扬转折之间总不够韵味，这就不可能十分悦耳，还可能刺耳，那就更谈不上表达感情。我每听到在台上直着嗓子喊的，就感觉心神不安，我便常去打听人家对我的唱是怎么个看法，他们大都是称赞我的嗓子，我对自己也就不能满足。

可是这也急不来，功夫究竟是功夫，找着窍门不是一天的事，一个上台不久的演员凭什么可以自满呢！

我在台下唱着玩的时候，未尝不感觉到"还不错呢"，可是一到台上就不大相同：胡琴的地位离得远了，再加上锣鼓；要顾住身段表情，还得跟别的角色配搭，想做到得心应手真不容易。

我自信不会荒腔走板，可是越唱越觉得节拍不容易把握。每一段唱，根据人物的感情，根据特定的情景，有它最适合的节奏，差一点就不行，如果机械的对待节奏，那唱出来的调子必然是呆板的；或是就不管西皮、二黄反正千篇一律，那还有什么滋味？有许多人当学唱的时候用脚或者用手打拍子，如果要把板眼弄得很清楚，用手来拍个明白确有必要，学昆腔叫做拍曲子，拍是学曲子的初步过程，可是一上舞台，手脚要为动作表情使用，绝不许用来打拍子，所以要有"心板"。就说心板也不能一直暗数着拍子唱，例如一个拉三拍、四拍的音，如果唱的时候一二三数着拍子，那就会显出棱角，这是很微妙的一工劲。必须要把唱的技术练得很熟，音和拍子要非常准，字正腔圆，这一些都要下意识地掌握住，唱起来就好像日常说话一样，意念一动，声音和节奏即刻伴随着表达出来，这才能够谈得上表达人物的感情。嗓子就是乐器，必须每天练，还要练的得法，才能运用自如，发出正确悦耳的声音。我经过将近二十年的舞台生活，深深感觉到这对于歌剧演员是个严重的课题。

在京戏班里如果讲究唱工，经常感觉困难的就是不容易跟场面配合得好。现在的场面有很大的进步，以前上海的场面完全就是大锅菜，除非是特别的大角儿自己带一班场面，次一点的就只能自己专用一个琴师，不然就只能将就官中场面（公共的）。很早以前老辈子演戏从来没有个人带场面或带琴师的。后来唱的技术发展了，新腔增多了，尤其是产生了新的剧本，排出新戏非有熟场面不可，所以京角儿出码头多半是自带场面。武生为着适合于自己的习惯和花招儿打得格外合拍，也带一堂场面，至少也得带一个打鼓的。我经常带一个琴师，一个打鼓的，出码头也带一堂场面（七个人），在上海搭长班子就可以不必，只带一个琴师也就行了。我现在想谈的是角色在舞台上，必须要能够自己掌舵。要搭班子非得练会一套通大路的活儿，要公共的胡琴也能将就唱。如果除了自己带的胡琴就张不开嘴，那就会弄得非常别扭。有一次我唱《玉堂春》那样重头的戏，临时琴师因故告假，只得请人代替。代替的那位并不错，可是我因为不习惯，心里直嘀咕。慢慢原板过去了，偏偏一到快板张嘴不是地方，唱走了板。台底下没有倒好，也没有敝笑，可是一股热气直冲我的脑门，好容易才定下心来把戏唱完了。当时我口里不说，心里不免有些怪鼓板和胡琴。我一面卸妆一面生气，我说："今儿个可砸得惨呢！"一位管事的用安慰的口吻说："没什么，不显。"另外一位年纪大一点儿的好像在自言自语，他说："这就真不易！慢慢儿来。"我听着很难过，只得鼓着一肚子闷气回家。第二天吊嗓子再唱快板，我的意思要证明自己没错，谁想一张嘴又不在板上，再唱还是一样，我正端着一杯茶，一气就把茶杯摔了，一连摔了两个茶杯，祥云在一旁只顾笑。这才发现我唱快板本有毛病，而前几次感觉唱对了是偶然的，胡琴、鼓板也为我弥补了一些。这才重新下功夫练，一次被纠正过来就永远不会错，如果自以为是那就会错到底。我在舞台上还是上过先入为主、自以为是的当，以致于走了许多弯路，阻碍了进步。

二、学做

一、步法

关于做工我想先谈谈脚步。一开始我对京戏"脚步"的解释是错误的。我以为青衣花旦的走道只要模仿女人就行。如果是那样，那我很有经验。我演过好几年新戏，扮过各种不同的女人，研究过各种女人的步伐和姿态。在日本的时候为着演《热血》中的女优杜司克，每天上火车站和银座一带去研究西洋女人的走法、姿态、表情等等；回国以后，对中国各阶层的女人——太太、小姐、妓女、丫头、老妈、农妇、卖花的、卖菜的——我对她们的外形和脚步都曾经常分别地加以研究，而且每一个人的脚步各有不同的样子，不同的风度。我以为把这套经验搬上京戏舞台就行，没想到京戏的脚步是一种舞蹈动作，必得特别下一番功夫。有一次我在台上听得后边有人在说："嗬，这两步儿走！"我一下台见一个人挺大嗓门儿在说话，那声音正是那挑眼儿的，我就问他："我的脚步挺难看吧？"他说："谁说？挺好吗！"旁边一些人好像在附和着他，相顾示意。我把这事告诉祥云，他不说什么，只抿着嘴笑，我懂得他的意思，也就不再说什么。最有效的回答就是照规矩下功夫练。

旦角的脚步大约是根据小脚女人的走法加工创造出来的，看上去比真正的小脚女人来得健康而有风度。求其与全身的线条取得谐和，又和古式的服装相配称，这就有一些技巧。

　　旦角根本走的是细步。练的时候把两腿夹得很紧，膝盖和膝盖几乎不离开，脚跟先着地，一步一步量着走。走的时候身子要直，两肩要平，一步一步由慢而快，由快而慢，这样来锻炼脚和腿的功夫。以前有些老先生教徒弟，让徒弟在两膝当中夹一根竹管，走起来竹管不许掉，这当然是过分一点。可是我看见过有个元元旦，他的脚步就是这样练出来的。他出台的时候，好像脚步不动，只见他裙子起着微微的波纹，人已经到了台前；跑起圆场来就跟燕子似的。

　　跑圆场是一门重要的功课，跑起来步子要细、要平、要一点儿不乱。一个人练的时候，大致是顺着左云手，两膀向右，身向左转，一圈圈的跑；再反过来顺着右云手，两膀向左，身向右转跑。两个人练的时候，就可以每人举一根枪杆子交叉着，围着一个中心转。初练的时候腿脚非常酸，跑不到一会儿步子就乱了，身子就会一高一低的跳，跑好了之后，那真是肩膀上搁一碗水都不会洒，人就好像在水上一飘一飘似的。这样练过，步法就算有了基础，其他的一些也可以迎刃而解。京戏中青衣花旦的脚步大致可分为以下几种：

　　慢步。

　　快步。

　　大步——前面我说旦角的步法基本是细步，可是有时也需要用大一点的步子。

　　小步——"洛神赋"："凌波微步，罗袜生尘"。诗里也有"纤纤作细步"的话。可是后台不说微步细步，只说小步。

　　碎步——多半是表示小姑娘的跑，也可以用在急忙匆遽的时候。

挫步——就等于齐步走的换脚。主要是快步或走圆场里头用。后台常常会听见来个"小挫步儿",可是没有人说大挫步。

衬步——换脚换步的时候中间有个转折叫衬步。

垫步——例如出场的时候略停、抖袖,掏着腿再起步时用后面的一只脚轻轻一垫往前走,身子随和着显出微微的摇曳。这种垫步或大或小,可以看情形变化应用。

云步——原来是作为神仙腾云用的,以后也作各种的用法。云步有两种走法,一种是两脚尖相对一分一合用脚跟移动,横着往左或往右走,上身要平,腰部随着微微的摆动;一种是两脚相并,两脚尖和脚跟替换着向左或向右横着走,身子可以微微的有点起伏,腰部可以略微多扭动一点,好像船浮在水上,被轻微的浪推动似的。在必要的时候,云步也可以让身子的起伏更大一些,那就是脚一边移动,膝盖可以应节曲伸。

掏腿——就是一条腿向另一条腿的后边一摆,交叉起来。掏腿的用处非常多,差不多旦角站住总掏一点腿。掏着腿身子无论是向前向后或是左右摇动都非常自如,姿态也容易好看,因为掏着腿容易掌握重心。接连掏腿也可以向左右横走。

存腿——就是略微把腿弯一弯。有的旦角嫌自己身子太高,便借着裙子的蔽掩将腿略弯,身子往下略蹲,这叫存腿。这样会显得矮一点儿。难处在存着腿要身子一点不弯,还要保持着姿态的美。有的时候像进船舱或者进窑都要存腿。

跨腿——例如被人一拉,你就往那边一蹿,这种时候就用得着跨腿,比方向左去就提高右腿跨过左腿,这是比较大的动作。

《南天门》曹福搀着曹瑞莲过独木桥的时候一同跨三大步。

花梆子——原来是跷工的一种走法，青衣从来不登跷，没有走花梆子的。可是近年来青衣花旦不大分，舞蹈的动作增多了，大脚片儿有时也采用一点花梆子的步伐。

旦角的步法大致是如上几种，还有像跌、滑、斜步、转身、鹞子翻身、卧鱼、上船、下船、出门、进门、上楼、下楼之类，以及跳跃膝行，这些都不仔细谈了。此外穿不同的鞋也得经过些练习，像花脸、武生、老生、小生等——特别是花脸，穿高底靴演戏那得经过长时间的实际练习。旦角穿的是薄底鞋，可是有时要穿一种底子比较高的叫船底鞋，还有就是演旗装戏得穿花盆底的旗鞋，那都得经过练习。我最初一次演旗装戏的时候，老师教给我穿旗装要挺直腰板，头别太摇晃，一步一步要走得大方，洒脱，身上得放松了。当时他说的意思我能够领会，可是我从来没有见过旗人妇女，我看过些相片可无从知道她们走道的样子。那时我的琴师是个旗人的宗室，他说给我许多旗人的生活习惯和礼节等等，我跟他学会了请双腿安，又借了一双旗鞋穿着来回走给他看。这个人有点儿马马虎虎，问他他老说是很好，第一次上台演"探母"，后台说我走路像"改造子"（放脚女人）。为着旗装的几步走，我下过不少功夫，当然也有进步，不管值不值得，总之凭空模仿不会有好玩意儿。

我最初以为京戏的步法是机械式的死板的程式化的东西。运用得不好的确会是这样，但只要是一个懂得表演艺术的演员，不会拘泥于程式，而使自己的表演丧失灵魂。基本的功夫必须练好那是没有疑问的。要走得好，走得漂亮，要和手眼身段完全调和，更重要的是要合乎剧情。步法既是一种舞蹈动作，那就一步一步都得合乎节拍，这也是不消说的，可是这并不是说要一拍一拍去数，而是要很自然地使进、退、动止、回旋，无不应节，无不合乎人物的感情。我们不妨举一个简单的例子，就说《御碑亭》吧，王有道的妻子匆匆忙忙从娘家赶回婆家，天黑了，遇见大雨，她用袖子盖着头，一颠一滑地奔向御碑亭去避雨，只要看她的脚步就知道她又急又怕；到了第二天清早，雨停了，她放心回家，脚步当然会轻松些。还有比方一个人心情很愉快，或者是有沉重的心事，一边走着一边想着；又或者他很烦闷，绕着屋子转圈儿；这些都可以从他的脚步里看出他的心情。所以没有基本功夫绝对不行，可是专靠一点基本功夫，或者专模仿某一个名角的漂亮动作，绝演不出好戏。我在台上也偶然有些体会，有时候觉得把握不住，有的时候就觉得不管踮起脚来望望也好，低头转个身也好，向前走两步或者退后两步，每一步都合乎节奏，而每一步都包含着很深的感情。当然在商业剧场里每天去应付一些庸俗的连台新戏一类的节目，那就这些都谈不上。可是一个有良心的演员，怎么会甘心让自己的艺术一天天流于油滑呢？

二、手势

要问旦角的手势有什么特点，那就是无时无刻不在划圆圈儿。京戏的全部舞蹈动作可以说无一不是圆的，昆曲也是这样，我想说京戏在舞蹈动作方面承受了昆曲划圆圈的艺术。看来这也就是中国古典舞蹈最显著的特点。

现在我不打算也不可能过于详细的列举旦角的各种手势而加以说明，只提出几样动作来看一看它的规律和特点，手的动作总的说可分三类：一、徒手的，二、用袖子的，三、用道具的。姑且谈谈抖袖吧。

抖袖——原来只是整理整理衣裳，把袖子抖抖平整，一经成为舞蹈动作跟剧情相结合，便表现出各种的变化。这个动作主要的是将手垂下去，先向里后向外划一个圆圈。说起来是很简单的，一个手的抖袖（左手或右手）叫单抖袖，两个手同时来叫双抖袖。我想抖袖可能是古代舞蹈大垂手、小垂手的遗法，双抖袖可能就是双拂，故宫绘画馆展出的《韩熙载夜宴图》，舞妓王屋山六幺舞的动作就很象双抖袖。

单抖袖的时候另外一只手可以平放，也可以高举成另一种姿势，也有掏腿蹲下去抖袖的。抖袖有轻、重、大、小、快、慢、强、弱之分，动作有时可以花描一点，有时就应当简单一些，这些完全是依据角色的性质、人物的感情和剧情的发展而变化的。《汾河湾》柳迎春出场的抖袖和《贵妃醉酒》的抖袖当然不一样；生气的拂袖和夫妻调笑时的轻轻一拂（例如《贩马记》），所用的劲不可能一样。这样一说就可以明白学习抖袖仅止于姿态的模仿那是不对的。旦角关于袖子的动作本来不很多，但是三十年来不断的有些发展，舞蹈动作加强了，袖子变化也就增多了，因此就有"耍袖子"之说——不管合不合剧情，合不合角色的性质，只是为着热闹花描乱耍一通，那是要不得的。关于袖子的技术我想只谈这一点。

整鬓——整鬓的动作可以说是旦角的基本动作之一，整左鬓则右手放在左肘处，整右鬓则左手放在右肘处，有时另外一只手可以不必随着，左右整鬓连起来，再加上扭腰看裙子，动作就加大了，复杂些了，这样一发展就变成另外一种舞蹈姿态。整鬓的动作有时也可以用以表示思索。

指——旦角的手基本是拇指掐中指余三指翘起，成为兰花手（当然有各种变化）。指出去的时候，手腕用暗劲划一个圆圈，食指本身也划一个小圆圈，两个圆圈套起来就成为一个姿势（指的姿势变化颇多，拟另详谈）。手的每一个动作必有起番儿，起番儿的意思就是作势——每一个动作必定从相反的方向做起。凡向外指，手必定先向里缩回划个圈指出去，向左指必从右起，向右指必从左起，向上向下都是一样，所当分别的就是圈圈的大小；手伸出去的尺寸和姿态的刚柔。

指的动作可以用一个手，也可以用两个手指同一的方向，我想可以叫做单指和双指。双指的动作也和单指一样，可以放得很大也可以收得很小，在这个当中全靠演员根据剧情和角色的感情来处理。双指放大了圈圈就成为晃手，刀马旦常用。有人问我手的动作圈儿要划多么大才对？我说只要合乎剧情，划多大都行。这是我演了好几年戏才体会到的。而且从旦角的手势看，往往用很微细的动作表达内心的波动，这也是中国古典舞蹈的特点之一。

除此之外关于袖子有双折袖、单折袖、单举袖、双举袖、挥袖、晃袖（用晃手的动作挥动双袖）等。手的动作还有仰掌平伸（摊手）、复掌平伸与平开及腕节的波动、山膀、云手等。每一种动作都有它的用法，一种动作也可以作好几种用法，各种动作经常是连起来用，其中强弱、大小、快慢、刚柔相互配合，产生变化，这里很难列举加以说明。

此外使用道具都有一定的方法和姿势，如鞭、扇、针、线、桨、带、巾、盘、蝇帚、刀、剑等等，每样东西都有不同的拿法，不经过学习和锻炼就不能运用自如。

以上单就旦角的动作约略一谈，如果学武戏，玩意就更多了，还有生、净、武生、武丑、武旦等角色的手脚变化，那就更复杂。略加研究便感觉京戏中的舞蹈动作是相当丰富而富于变化的。我以前都是就每一出戏零零碎碎学的，最初只不过是模仿（模仿，最初可能也是必要的，由模仿到灵活运用，再从事于创造，这在学京戏可能是必经的过程），一直到演了好几年戏，经过不断的学习才慢慢儿摸着些门路，也就不免走些弯路，当初如果能够加以分析，一定会学得更快更好一些。今后如果要好好的发展它，那么分析整理还是很必要的。

三、眼神

京戏最突出的特点就是节奏鲜明，跟着那种特别鲜明的节奏，眼神的运用也就有它的特点，最显著的是手到眼到，手指到哪里眼睛必然跟到哪里。还有所谓"领神"，就是说要用眼睛领着观众的注意力集中到台上。初上台的人往往会感到手没处搁，还有就是眼睛不知道望什么地方好。话剧演员就会提出望第四堵墙的哪一点这样的问题。京戏老师会教给学生出台要看得平，还有些庸俗的搞法就是花旦出台必须转眼珠，照顾到全场的观众。就说眼到手到也绝不宜机械地去处理它，有些老师教给学生手从某一点指到某一点，眼睛死跟着，结果做出来的动作不是很僵，就会让人感到可笑。有些花旦转起眼珠来好象钟摆似的，机械而单调。眼睛是最灵活的器官，旧时有"眉听目语"这样的话，那是形容女人的聪明伶俐，我们乡下说一个人"眉毛都会说话"，那就是形容他很灵活而厉害。不管怎么样，眼睛是最能够鲜明地深刻地表达感情的工具。

我的眼睛有点近视，看远不行，看近相当清楚，在台上扔东西接住不会失手，可是怕眼睛不够灵活，我从演新戏的时候起，就每天练习眼睛，每日清早用淡盐水洗洗眼睛，把眼睛睁大，向左转若干转，再向右转若干转，使劲往上下左右看；用手划着圆圈儿，眼睛跟着转；这样不断地练习，眼睛自然会越来越灵活，然后根据剧情、根据角色的性质、人物的性格感情在每一刹那之间找你眼睛最适当的地位。有些演员习惯于低头看台板，那是最糟的，四处乱看也不对。还有些话剧演员极力避免自己的视线与观众相接触，不敢面对前台那也是错误的。但是歌剧和话剧究竟有所不同，因为唱的时候决不能背着观众（倒板例外），而武戏的亮相多半是正对观众，这和话剧是不一样的。关于手到眼到，我曾经加过"心到"两个字。我以为不从角色的感情出发，所有的动作都是死的。至于"领神"，也就是领观众的神，我是这样看：演员在台上任何时间都要把精力集中在一点（当然那个时候我不懂得什么叫注意力集中）。我说眼睛所到的地方全身的每一个细胞都要跟随着。只要你能够钻到角色里头去，表演的方法又用得对，在一定时间内哪怕你在台上坐着不动不说话，观众也不会讨厌，而且会特别注意到你，这种时候眼神是最重要的。所以一个好的演员才能在台上站得稳坐得稳。眼睛只要用得对，对观众并不会有错处。即使你背对着观众，你的眼睛在凝望，只要用力用得对，你的感情又能够支持你的眼睛，观众就能从你的背后看到你的眼神。当初我尽管有这一点体验,但当我对于京戏的表演技术还不够十分熟练的时候,我不知道演京戏究竟应当怎么办,在摸索当中也就免不了模仿与抄袭,有时也不免以一得之愚沾沾自喜,一转眼又便自己否定了它。经过几番反复之后,才觉得有些心得,渐渐地能够跟着剧情的进展,为达到一个特定的目的,把歌唱、动作、表情等比较合理地、有效地结合起来,然后在台上会感觉更顺一些,舒服一些。

三、学念

我是湖南浏阳人,浏阳话是属于江西语系的,大致像江西萍乡话,又有点像广东的客家话。我们那里的人学外省话多半不大行,我祖父和我外祖差不多半辈子住在北京,就不会说京话。可是我妈妈是在北京长大的,在我小的时候,她经常教给我唱些北京小孩儿唱的歌,还学一些北京叫卖的声音,我很小就会吆喝"清水萝卜赛落梨,辣来换"。我和弟弟妹妹全像我妈妈,口齿特别清楚,还有就是耳音好。我自幼就学会了说长沙话和湖北话,十四岁在北京念过一年书,这样,我的京腔虽不道地,说说普通官话还算勉强。日本时期的春柳社社员中,李涛痕的京话最纯粹,我经常向他请教。上海时期春柳社社员中只有冯叔鸾一个人是在北京生长的,马绛士是东北人,其余大部分说的是蓝青官话,所以我的京话在他们当中还算是不错的。当时上海一般的新剧团体在台上多数的演员是用苏白,春柳同人从来不用苏州话,可是京话又说得不大好,这可能是失败原因之一。我当时极力纠正说北京话的字音和语调,同时花了两年的工夫一字一句地学会了苏州话。及至春柳散伙，我曾经和徐卓呆、朱双云、汪优游他们合作，便也跟着他们用苏州话演过很多戏，我的苏白在台下还算不错的，可是一上台就还是"强苏白"，不是过于柔软便是显得生硬，好容易慢慢儿才顺一些。

学京戏得会两种白口：一种韵白，一种京白。京白用的是地道的北京话，可是语调要夸张一些，节奏配合着敲击乐器特别鲜明；韵白是韵语、半韵语和口语组成的，韵语部分有诗有词有对偶句；半韵语就和口语经常结合着成为一种朗诵式的台词。京戏的韵白和普通的北京话比起来，有些人以为这是完全脱离日常生活的话，其实就他的字音和语调来看，原来的底子是湖北话。所以汉戏、湘戏、桂戏尽管都用韵白，而在湖北、湖南和广西人听起来除掉觉得言词文一些之外，并不会感觉到和日常的语言脱离得太远。但是韵白就它的文体、结构、节奏、表现方法等方面看，的确是中国戏曲特有的形式。

要学好京戏的说白，最初不能不有所模仿，有许多戏的白口是经过名演员一再研究，千锤百炼过的，挑选最好的模仿一下并没有什么坏处，学得多了，找到了它的规律，就自然会有发展。我学《玉堂春》的时候，公堂上那一段词儿，我完全照着老师所教的语调，一遍一遍反来复去地念，念过六七十遍之后，觉得字音准了，节奏也对了，声音的高低、轻重、刚柔、抑扬顿挫能够有把握了，我才开始研究照老师教给我的念法和我所体会到的角色的感情是否对头。比如："……启禀都天大人，犯妇之罪，原非犯妇所犯，只因皮氏上下行贿，将犯妇买成一行死罪，临行起解之前，监中有人不服，替犯妇写下伸冤大状，又恐被皮氏搜去，因此藏在行枷之内，望求都天大人开一线之恩，当堂劈轴开枷。哎呀，大人哪……"这最后几句有的人从开字起就把声音提高一点，一个字一个字节拍加紧，到"大人哪"的"哪"字提高嗓子尽力一放，好像要把一腔怨气用全身的力量叫出来，这样颇容易博得观众叫好，我最初用的就是这个方法。后来我想苏三遭受黑天冤枉，屈打成招，被解到省城受审，这是决定她生死最后的一堂，她又是悲愤又是恐惧，然而在绝望之中露出了一线生机，可是在她看起来希望虽不算很大，也可能有比较清廉的官，给予哀矜而得到昭雪。在这种心情之下，这一段话是不是以凄切婉转的声音念出来比较合适一点呢？于是我从"望求都天大人"起，鼓起勇气以微微颤抖的声音提出恳求，念到"大人哪"的"哪"字，从低半音渐渐儿提高，最后慢慢一放，声泪俱下，成为惨痛的申诉。我这样试过许多次，感觉着似乎还顺，可是台下不一定叫好。我提起这个，并不是表示我会念白，只不过体会到了念白的确不易。

念白第一字音要正；音的轻重长短要配置得好；使用声音要有变化，角色的感情要体贴入微，声音跟着感情起伏流转，然后才能吸引观众的注意，抓住观众的感情，把演员的心和观众的心相交流，这才真正能够达到演戏的效果。在这里我们可以认识到要让观众听得明白这是起码的要求，专求调子好听，也还是十分不够的。

如果以为韵白只是一种简单的、程式化的东西，只要学会它的调子就行，那就不对。但也的确有很多人只注意到形式，只研究怎样能够博得台下叫好。即以旦角而论，有些演员专求柔媚，有的就专门模仿名角的声调，把角色的身份和感情看为次要，弄得不好，听着就会显得肉麻。

《打渔杀家》里桂英儿的语调总不能念得和林黛玉一样吧！首先她应该刚健一些。有些演员把桂英儿演成十分脆弱，即如"打渔"一场，她劝父亲不要做河下生理，萧恩说：本当不打渔，只是家贫无以为生。桂英一听就"呵呀"一声哭出来，这是不真实的，违反常情的。很少有父女谈家常，一句话提到生活困难，女儿便哇的哭出声来，这种地方只要望望父亲低头长叹也就够了。桂英虽然不过是一个不满二十岁的姑娘，她生长在贫苦忧患之中，同时还受着赃官恶霸的压迫，母亲死了，父亲老了，她的心情是可想而知的；可是她在父亲面前显得是一个温顺而活泼的孩子，她对恶霸和那些走狗恨得牙痒痒的；像这样的角色，她的台词应当怎么念，大可研究。如果把桂英仅仅当作一个娇柔的年轻姑娘来演，我想是不够的。

又如王宝钏这样的角色，演《彩楼配》《三击掌》《探寒窑》《武家坡》这几出，每一个段落情景不同，感情也当然不同，台词的声调、节奏就不能不有变化，像《武家坡》这样的戏，看起来好像并不难演，可是要把当时王宝钏那种又惊、又喜、又疑、又憎，而心的深处带着哀愁那样的心情曲曲传出，却也不易。有的演员单纯的拘于韵白的程式，在跑坡的台词里，不适当地用上些"呢""么"等字，而以慢声出之，显得那个王宝钏只是娇里娇气，这似乎也不妥当。

京戏念的部分，分量的确相当重，生角有些戏是完全靠念白的，青衣戏即如《宇宙锋》的"金殿"一场也就有大段的念。

我还演过一出戏叫《龙凤环》，是根据绍兴文戏《龙凤锁》改编的。这个戏故事比较曲折，简单的说：就是有一个少年追求一个豆腐店的姑娘金凤，有一天晚上以借灯为由走到金凤屋里去了，二人私订终身，少年送给金凤一个龙凤锁；金凤的父亲回来了，少年就藏在柜子里头，结果闷死在里面，金凤以谋杀论罪，经过一些周折，最后得到昭雪。金凤有三场很重的戏，一场是"借灯"，一场是"监狱"，一场是最后的"会审"。"借灯"和"监狱"这两场都是唱做并重的戏，主要的唱工是在"监狱"的一场——女禁子同情金凤，知道金凤被判死刑，在头天晚上预备一点酒菜给她吃，她心里明白，当然吃不下，那天晚上也不可能睡着，同监的犯人也不知道怎么安慰她，就这样等到天亮，被带出监去，但并未执行，遇到一线生机，提堂重审。"会审"一场演出四十几分钟，和"玉堂春"的"三堂会审"一样长；可是全部是念白。我演金凤"公堂"一场扎实下过一番功夫，可是只要念得好还是可以得到一定的效果：台底下一直很静，从头到尾没有人叫好——台上台下呼吸交流比起哄叫好要舒服得多。只要感情真实，表现的方法是可以灵活运用的；只要感情真实，任何格律也好，程式也好，必然成为次要。对韵白就可以这样看。

我除青衣戏之外，还学过不少花旦戏和一些刀马戏，这些戏大多数是用京白。最初我以为韵白比较难，京白比较容易，事实上京白比韵白更难。韵白因为有那么一套腔儿调儿还多少能遮点儿丑，京白就是所谓"大白话"，跟日常生活特别接近，说得有一丝儿不对就会被人听出来。当然京戏的京白和日常说的白话是不完全相同，就和话剧的念台词也不同：它是精炼过的、经过艺术加工的、和歌唱相结合的一种舞台语——其中也有韵语，如念诗念对之类，也有半韵语和纯口语；它的语调比较夸张而有一种特殊的风格，这类台词不经过学习和锻炼是绝对念不好的。

在我所学的花旦戏之中，如《双钉记》《双铃记》《十二红》之类，学会了，因为我不欢喜，从来没演过；《戏凤》《浣花溪》《胭脂虎》《战宛城》等演过的回数不多；《乌龙院》比较演得多。我觉得《乌龙院》这个戏编得不错，下的功夫也不少，可是最初演四五次总感觉词儿念不好，尽管字音没错，调子也算对了，就是话不像从角色的心里说出来的，这就不容易引起观众的共鸣。

念白首先要读准字音——弄清"出字归音"，分清尖团，辨别阴阳，自然不消说得；此外还要练"喷口"，练喷口就是要练嘴劲——每个字从嘴里出去，就好比枪子从枪膛里挤出去一样，口紧力大才能送得远，喷口好的演员说话不必大声嚷，就能把台词一字一字送到最后一排座位。喷口之外还有气口，气口就是呼吸，无论唱歌念白用气和换气都非常重要，会用气口的无论多长的句子念起来都不吃力，换气的地方，非常自然，旁人听不出来。读准了字音，练好了喷口和气口，这就要看如何选择语调，如何运用声音，这两件事是要结合剧情和角色的性格来进行的。这也就是考验演员的一把尺。

我演戏的时候也和别人一样每天必吊嗓子，从无间断。唱完几段之后就练念白—— 一遍一遍地念，一个字一个字地研究，觉得有点儿不顺，便从头再来。这样做不可能没有丝毫进步，可是我学戏除请老师传授外多半是自己摸索，得朋友帮助的地方很少，正确的批评不易听到，请教人家，不是随便恭维便是深藏不露，倘若在今天那够多么好！以前哪里有像今天这样多学习的机会、这样好的条件！

四、学打

演京戏没有一点武工的底子是不行的，我每天除了吊嗓子之外也还练武工学刀马戏。先后请过两位老师，一位是水上飘，一位是周福喜。在上海那种一楼一底的房子里练工是困难的，天井里打把子伸不开膀子，老师让我和他一同到大舞台去练工。

我起了个大早，老师早已等在门外，喝了口茶便出门，直奔大舞台。一到那里，看见台上一群孩子在翻筋斗，有的在拿顶（倒立），师傅在一旁指点；另一部分是大人，有的打把子，有的穿着胖袄，登上高底靴练身段。我和师傅坐在台下看了一会儿，师傅说："咱们来吧！"说着一面脱棉袍就往台上走。我一看，练功的人多数穿着单小褂，要不就是小夹袄，大裤腿的裤子。只有我一个人西装皮鞋，一走上台便自己感觉不顺眼，至少是不大调和吧。而且人家都在练一套一套的，而我才像小学生刚刚开始，便觉得有些不好意思。

那时正是冬天，台上的过堂风吹得直起鸡皮疙瘩。这我倒毫不在乎——演惯了旦角从来就不怕冻，大雪天两件单绸衫上台也没伤过风——当时我把大衣和西装脱了，抓过一根藤子就打起把子来。

打把子原来我也零零碎碎学过一点儿，那个时候我已经算是会打一套快枪和一些别的，可是老师让我从头学起，他说先要把"一二三"打好——左手托平枪杆，右手抓住枪把，全靠右腕的活力使枪尖上下摆动，嘴里就"一二三，一二三"数着。我以为这是再简单没有的，可是他强调这一手必须多练：要每一下都打在一定的地方，枪头摆动的角度不能过大过小，他让我每天对着柱子练，要多练。同时他教给我一两套最简单的，如"灯笼泡"之类的打法（这些只是基本练习，在台上用不着的），他非常注重步法，上步、撤步，差一点他都叫从头来过。当时我一面照着他所教的一遍一遍的练，可是我心里想这些我早会了，用不着过于麻烦，又是许多人看着，显得我真笨，这就有点练不下去。在休息的时候，我向老师建议，"一二三"之类的东西我可以回家去练，希望他教给我一点别的，比如"下场花"之类的东西换换胃口；同时我便把我学过一点的枪花耍给他看，他认为都不很对——当时他耍给我看，也教给我练习的方法，例如要"劈猴儿"要面正对墙练，无论多快，枪不碰墙；"大刀花"是直的，要身子侧面靠墙练；这样练好了，手才有准，才能够每一下都是地方，这才不会碰着别人。我相信他所说的完全对，打定主意好好向他学，就这样接连不断上大舞台去过好多天。及至我搬了一所房子，有个比较大的天井，我就不大愿意上大舞台去了，练工慢慢儿也就松懈下来。尤其是老师要求比较严格，每天练的差不多都是同样的东西，很少增加新的，而我心里着急，只想快点上台去试试，于是催着让老师多教一点。大约他看出了我的意思，便不再严格要求我，不再批评我的错处，我要学什么他就教什么。他经常说要用三冬两夏的苦工，可是我一冬一夏不满就学会了许多东西。每到后台就找着熟识的武行哥儿们对刀对枪，他们也乐意陪着我，旁边看的人每每伸出大拇指说："好，真有心胸！"有的说："真不赖，怎么没见你练就会这么多！"我无暇考虑他们的赞词是否出自真心，听着总还是觉得舒服，不知不觉露出自负的形色，以为技艺并非不能速成，还是有捷径可走，便否定了基本练习的重要，结果是好像样样都会，样样稀松。比如打快枪吧，学会那轮廓并不很难，如果要到台上应用，那就脚步手势以及枪的高低上下都要十分准确，所谓"下下着"，每一下都要打得是地方，要不然不是你碰着人家就是人家碰着你，所以就必须按着规矩练，练得纯熟之后，应用起来才能够心到、眼到、步到、手到，然后才能谈到表情。唱慢板还多少有思索的余地，打武戏一下接一下真是稍纵即逝，而且往往对象不只一个人，不能没有情景的偶然变化，因此，稍微有点儿稳不住，或者应付不得法，就会出岔子。一个初学的人，只要扎上靠戴上盔头就会不大能动，上台去不需要几个回旋就会上气不接下气，这全靠功夫，功夫！可是当时我偏偏自作聪明，避开了正规的训练，辜负了教师的好意，以致没把武戏的功夫练好，现在想起来还觉遗憾！但是练过武工究竟不同，身段动作不自觉地进步得很快，有灵活舒适之感，身上的线条也就更美些。

两年之中，我也算学完了《破洪州》《湘江会》《虹霓关》等几出刀马戏（刀马旦的戏是半文半武的戏，但必须武工有根，还要善于念白和表情才能演得好），同时我还练过跷工，听说跷工难练，因为没有尝试过就练着玩的。贾璧云听说我想练跷，马上送给我一副跷板，并教给我如何练法。他让我绑着跷扶着墙走走看，谁知我一绑上就能走，这样就练开了。跷工和脚尖舞一样，脚面要绷得直，膝盖要直，腰板要直。过去有些师傅怕徒弟练跷偷懒，便在他腿弯子那里给绑上一根两头尖的竹签子，只要腿一弯便会刺进肉里去，这当然是不合理的野蛮做法，可是练跷决不能蜷腿却是一定不移的。登上跷随便走走还没有什么，要把那两块木头使得和自己的脚一样灵活那却真正不易。唱武旦的登着跷打把子，翻筋斗，甚至还从高处往下翻那是要经过长期的苦练才行的。初学跷的最怕站着不动，最初只能站很短的时间，慢慢儿一点一点增加。旧时师傅让徒弟登上跷站在板凳上一炷香才准下来；站过板凳还要站缸边，就是站在水缸边上，能够一炷香纹丝儿不动，那真到家了。我只在地板上站站，不到一刻钟两条腿便抖起来，越抖越厉害，抖得不能自制，腿便想弯，冬天还是满身大汗，地板、门窗、柜子、茶杯等等一齐颤动起来，好像地震似的劈里拍喇响成一片。大约经过半年光景，我居然能够站一个小时不抖。贾璧云让我泼点水在水泥地上，登着跷在上面打打把子，我也试了。跷工练了一年，我便演了一出《浣花溪》，第一次的成绩不大好，因为我只走过硬的地板，一到那个又厚又软的地毯上就感觉两条腿都变了棉花，心里不免也就害怕起来，戏可是勉强演完了，反正够瞧的，一到后台就几乎动不得。可是我并没有气馁，此后还登着跷演过六出戏，一次比一次有把握，但我已经不感兴趣，就把那副跷板仍然送还给贾璧云。

此外我还跟一位武术家米剑华先生学过两套剑：一套单剑，一套双剑。当时有七八个人和我同学，我是其中进步比较快的一个，学得差不多了，我便把这两套剑在一出新排的戏里用上了，也获得了一些彩声，实际上可是舞得不好。隔了差不多两个月，我再到米老师那里，我的那些同学都跑在我的前面去了，就再也追不上他们，我也就慢慢儿把它搁下没再继续用功。米老师本说要把他的本事传给我，可是那时候我对中国的武术没有足够的认识，同时我还有别的许多东西要学，就没有能够接受米老师的衣钵。

关于京戏的技术我就只学过以上所说的一些东西。总的说，我学戏的物质条件是很差的。陈祥云、贾璧云二位给我的帮助很大，不会的戏给我说；我没有的行头他们借给我。他们早死了，永远不能忘记他们！还有薛瑶卿先生热情地教会了我十几出昆腔戏——学得磁实，至今还能唱。

我想，如果不走弯路，我所学的东西可以更多更好。我的毛病就是贪多、图快，想找容易走的路；还有就是在众人面前不敢暴露自己的缺点；同时我尽管和艺人们交朋友相当亲密，在内心深处未尝没有知识分子的优越感，对自己的见解多少总有点偏向，因此学习的态度就不够诚恳老实，还没学好就想改良，以致分心，不能专一。另外还有一点就是"五四"前后的风气对中国的传统艺术多半存着否定的看法，对戏剧艺术也提出了新的要求，而上海的各舞台又一直向不健康的路上发展，像我那样一个职业演员决不能无动于衷，"京戏向哪里去？"的问题在我的思想中不可能不被提出，于是便也会问："我怎么办呢？是不是永远演青衣花旦呢？"这样一想，对我所学的戏精益求精的进取心和竞争心便削弱了，对自己的生活方式，奋斗的目标都不能不考虑逐渐有所转变。

下一篇我想谈一点关于表演和我所编的和演过的戏，从这些方面可以多少反映一点当时的风气，或者也不是多余的吧！

一九五三年冬

真正的演员——美的创造者

——为纪念梅兰芳舞台生活五十年作

梅兰芳先生在全国各处一直受着广大群众的热烈欢迎，同时拥有国际间的声誉，梅先生的名字在苏联和其他国家也是响亮的。他在艺术上的成就，和他所得到的声誉是相称的，当之无愧的。

梅先生成功的秘诀在哪里呢？主要在于他真正热爱艺术，力求进步，把经过长期的、高度的劳动而获得的艺术成就为人民服务。

做一个演员，有必须具备的先天的条件，有的人可能成为科学家、政治家、工程师，但不一定能成为好演员。梅先生作为一个戏曲演员，具备了一切应有的条件。但是天赋的条件，绝不能够成为一个真正的好演员，更不能保证成为一个表演艺术家。要成为一个真正的好演员必须经过系统的学习；必须有长期的丰富的艺术修养；总的说起来就是劳动的积累。高尔基说："天才就是劳动。"

梅先生是从小学戏的，他从过好几个有名的先生，经过严格的有系统的训练，无论是唱工、做工、武工，在他少年时候，就打好了稳固的基础。他什么戏都爱看，对于各种地方戏都能去细心体会吸取它们的优点，得到很丰富的观摩学习。昆曲，他学习得很多，还很精。他无论学什么都是老老实实，从不丝毫苟且。他学过绘画，对各种艺术品的鉴赏也下过功夫。

他在成名之后，也从来没有间断过学习；吊嗓子、练武工是每天必须坚持的功课。每一个戏——不论是旧有的还是新排的，不到十分纯熟，决不轻易搬上舞台。到了今天他已经六十岁，也从来没有间断过学习和锻炼，每天都还是有一定的功课。就这样数十年如一日。一个爱惜自己的艺术创作、对观众负责的演员决不甘心炒现饭；即使一个极微细的动作也决不轻易放过，要求演一次有一次的长进，一次比一次精练，这样才能够不油，这样才能够经常保持一定的演技标准。梅先生演戏是异常细致的，不论是剧本、唱工、做工、舞蹈，他总是经常不断的加工琢磨，反复推敲，以求尽善尽美，这是真正爱好艺术、尊重职业的表现，同时也是忠实的对观众负责，观众也就始终信任他。

梅先生继承了京戏悠久的优良的传统，在旦角的表演艺术方面，说他已经吸取了过去许多名旦角演戏的精华而集其大成，这是丝毫也不夸张的。他对传统的戏曲表演艺术能够完全掌握之后，便从原有的基础上有很多的发展。

中国戏曲的特点是有唱、有白、有舞，还有占很重分量的戏剧表演（做工），但是这些部分，以前有的戏结合得好，有的戏结合得不好，到现在为止，也还有许多结合得不完全好的。过去我们把角色分成生、旦、净、末、丑等各种不同的类型，彼此之间界限分明，不能逾越。即以旦角而论，青衣和花旦是两个不同的行当，从王瑶卿先生起就很显明地把这两个行当的界限打破了。可是把各种旦角（青衣、花旦、闺门旦、贴旦、刀马旦等）的表演技术有机地结合起来，合理地灵活运用，却是从梅先生开始。表现在他能以现实主义的创作方法，运用他纯熟的表演技术，创造出生动的人物形象，例如装疯的赵艳容（《宇宙锋》）、惊梦的杜丽娘、葬花的林黛玉、撕扇的晴雯；此外如花木兰、萧桂英、梁红玉、白素贞、穆桂英、薛金莲、玉堂春、虞姬、西施、杨玉环；还有像嫦娥、洛神、天女之类，这些女性，他都能各如其分地赋予以形象；而在表演当中，他能够把歌、舞和戏剧动作结合得天衣无缝，这是新的创造，也是京戏表演艺术新的成就。有些旧戏如《宇宙锋》《讨渔税》《游园惊梦》《水门》《断桥》《玉堂春》等等，是许多人都会演的，但由于角色类型的限制，表演程式的限制，演员文化水平的限制，艺术观点的限制，就会使角色的形象不够生动、不够真实，甚至于被歪曲而流于庸俗，最重要的是演员扮演一个角色，必然要欢喜这个角色，要为这个角色的性格、感情和他的遭遇所感动，然后把他所感动的东西，通过艺术形象去感动观众。如若不然，他的演技就不可能是现实主义的，必然流于形式主义。梅先生是能够用他由衷的感情来演戏的，他所表演的几个有反抗性的女性都很成功，这些大都是旧戏，可是梅先生在几十年的演出当中，曾经不断地反复加以研究，适当地作了修改，去掉了其中某些糟粕部分，把其中的精华更显著地表达出来，这也就是和一般的演出不同的地方。

京戏的表演技术，包含着唱、做、念、打四种。旧时把这四种东西分开，就有所谓唱工戏、做工戏、武戏等等。到了梅先生的一代，一些有才能的艺人，就逐渐把这四种东西结合起来了，但是有的结合得好，有的结合得不大好，梅先生是把这四种东西结合得比较最好的一个。因为梅先生唱工、做工，念白、武工都经过长期的正规的勤修苦练，所以每一样他都很精通。他的唱工力求切合人物的感情而不过分追求腔调的新奇，所以显得腔圆字正，明快大方；他的做工以细腻熨贴恰合身份见长；他的道白有他独特的风格；至于武工，不但步法严整，节奏准确，姿态优美，而且显得出有一种内在的含蓄——这就是说把原有的"把子"加以提炼，进一步成了美丽的舞蹈。同时他在这个基础上，从武戏里、从旦角的各种身段里选出素材，把它们组织起来，创造出了好几种的古典舞蹈，如《天女散花》《嫦娥奔月》《洛神》《西施》《霸王别姬》《太真外传》《麻姑献寿》等在舞蹈方面都有新的表现。这样就使京戏旦角的表演艺术更加丰富而有了发展。

梅先生在表演艺术方面的成就和贡献是大的，对于如何接受遗产，如何进行戏曲改革，提供了很好的范例。

梅先生的演员道德是值得每一个演员引为模范的。他是个真正爱好艺术的演员——除了经常不断的用基本练习来锻炼自己，每逢演出的日子必定要把所演的戏温习一番，作好一切应有的准备。演完戏回到家里，他本能地把台上的情景回味一下，演得好便觉轻松愉快——用他自己的话："睡在床上都舒服。"如果有些不妥当，或是出了点小岔子，便感觉沉重，翻来覆去地想。他一到台上就把整个身心放在戏里，从不许有丝毫松懈。他从来不曾因自己有不愉快的事而令观众有所觉察。无论什么时候他总是全心全意对观众负责的。他从来不曾误过场，总是很早就下后台。一到后台就找同场的角色说戏。说起戏来他的态度是那么谦虚，无论对任何一个小角色都是异常温和诚恳，从来没有骄傲自满的样子。配角有了错误向他道歉，他总是先安慰人家，再加以教导。他说："如果我生着气对他说话，他下次更会抓瞎。"还有就是他往往和不常在一起的演员演戏，因为彼此路子不同，说起戏来互有出入便搞不到一块，每逢这种场合他总是多多少少迁就一些——他以为自己略加改动没有问题，决不让观众看出毛病。此外梅先生热心爱护同行，爱护和他合作的伙伴，也是人所乐道的。

梅先生最能虚心倾听批评，严肃地对待批评。他经常在他的艺术实践中研究人家对他的批评是否正确，经常不断改进他所演的戏，这样就可以经常保持着和观众进一步精神上的交流。

如上所说，可见梅先生是一个真正的演员，真正热爱祖国传统的艺术，并以毕生之力卫护着这一传统。还有最重要的一点，梅先生不仅是承继着中国戏曲艺术的优良传统，同时也承继了中国艺人的道德传统。

梅先生是爱国主义者，这是作为一个艺术家必须具备的品质。梅先生承受了中国艺人的道德传统，和为正义而斗争的精神。同时，他不能不受到同时代的许多革命者和进步人士的影响，进一步靠近了人民。

梅先生在抗日战争的时候，他不受敌伪的威胁利诱，留起胡子来，宁愿七八年没有丝毫的收入，决不演戏，这显示着他的毅力。解放以前他和进步人士保持接触没有断过，解放以后他的兴致特别高。他和许多革命青年爱国艺人一起，到朝鲜去慰劳中国人民志愿军和朝鲜人民军，回国来又慰问人民解放军——在露天、风里、雨里，就那么演唱；并随地为炊事员为勤务员演唱。他还到各处为工人农民演出，就这样无保留无顾虑把经过千锤百炼的艺术贡献给祖国的劳动人民。他的艺术也就接触了更广大的群众。只有人民翻了身，艺人才有真正的生命，只有中国共产党才真正尊重民族的优良传统，才其正爱护艺术，真正尊重艺人。他的艺术也只有在人民当家作主的今天才能得到了正常发展的机会，和有力的支持。中华人民共和国成立以来，他受到人民的应有的尊重。他被选为第一届政协全国委员会委员，又被选为第一届全国人民代表大会代表。

梅先生表示今后他要争取更多的为人民服务。他的话是诚恳的。中国戏曲艺术有它远大的发展前途。关于戏曲改革运动还有许多重大的事情要作。相信梅先生必能在中国共产党领导之下作出更多的贡献。人民也就会给予他更大的光荣。

一九五四年四月

一个成功的好戏《关汉卿》

——看彩排的印象记

田汉的作品除了《十三陵水库畅想曲》我还没有看，《关汉卿》我认为是到现在为止，田汉同志剧作最好的一个。字里行间整篇充满着田汉式的才华自不用说，主要是高度的思想性和艺术性紧密结合，通过鲜明的人物形象表现出来，显示出洋溢的热情，充沛的精力。老作家只要思想不老，身心健康，就能不断进步，保持青春。今年春天，田汉同志满六十岁，我送他一首诗，其中有两句："花甲如君正少年，英雄气概儿女肠。"当我读了剧本《关汉卿》，更觉得这两句诗还是得体的。

凡属有才气的作家多是浪漫主义的，田汉也不例外。他是富于理想的，由于革命的锻炼，理想与现实斗争相结合，情感与理智相结合，表现在作品里就显出现实主义与浪漫主义相结合，这很自然，于《关汉卿》显然可见。

过去有些人——可能现在也还有——听说艺术要服从政治就皱起眉头，以为这样就会使作品干得像块木头。我们说，艺术如果不服从政治，艺术就会没有灵魂。但是，如果对政治的理解只止于背诵教条和搬运标语口号，那也就谈不上艺术。作家要站稳正确的无产阶级的立场，从革命的斗争中培养阶级感情、政治认识，再加上艺术的修养，在他的作品中就会显出艺术性越强政治性也越强。《关汉卿》就是一例。

思想性通过人物形象表达出来就成为艺术。要使观众所看到的是生动的人在行动、在说话，不是剧作者提着线的傀儡在说教。戏剧是诉诸观众的感性的，是让人用心来接受的。正因为这样，容易起宣传作用，也容易收潜移默化之功。剧中的关汉卿并不讲长篇的道理，也不对观众解释什么，感人之处只在他的性格感情和他始终不屈不挠的战斗精神。

这个戏故事完整是一个优点。戏求其深入浅出，故事完整是条件之一。从书本子上去找关汉卿，朱帘秀的材料是很少的，没法编成戏的。戏剧是艺术，许可夸张，也许可虚构。剧本《关汉卿》的故事许多部分是虚构的。但从元代的政治制度、社会状况、人民生活看，从关汉卿的作品看，可以说故事的全部都有根据——多方面的根据；同时作者曾广泛搜集材料并经过精心阅读和缜密的选择；作者所创造关汉卿的人物形象是真实的。和关汉卿合作的伙伴除了书会的朋友们当然离不开演员。朱帘秀为什么不能和关汉卿同患难共死？有的人一提到歌妓就不免想做些小趣味的考证，那是毫无意义的。朱帘秀还有赛廉秀那样侠烈的徒弟。作者创造出这个人物，把男女主人翁，把剧的主题思想衬托得格外鲜明，这就很好。让琐碎的考据一边儿呆着吧。

这个戏结构完整，描写细密，不像急就章。"美人细腻熨贴平，裁缝灭尽针线迹"，白居易这两句诗可以移赠。田汉同志写剧本原是快手，一个月的时间写这样一个大戏当然不是轻而易举的，他也是把灯光当太阳在跃进。第四场关汉卿对老家人关忠说："……当医家劝人别熬夜，当作家就得熬夜。"笔在手里往往就会忘掉时间。有的作家写文章很好，写好就算，不惯于修改，田汉同志却欢喜听取朋友们意见反复推敲。这是值得学习的。不过有时候他会即兴地加出许多东西（当然有些是必要的）。《关汉卿》我读了初稿，认为很好，不必作什么大的修改。后来他又加了三场，原为九场，现在成了十二场。我看了彩排之后觉得所加的三场都可删。回到家里想一想，十二场本的第九场和第十场肯定可删；第十一场——和礼霍孙看万民禀的那一场不妨压缩保留。后来听焦菊隐同志说，他们就是这样做了。这样比较好。

关于导演和表演，因为我只看过一次彩排，想提任何意见都是不适当的，只能略为谈一点感想。

这个戏的演出是成功的——我们从台上看见在元代血腥的野蛮统治之下，有以关汉卿为首的一群为士大夫所看不起的普通人，为被压迫的、负屈含冤的人民提出严厉的控诉，向压迫人民的统治者开火。并号召被压迫者要敢于还手。任何严刑峻制不能使他们屈服；他们的艺术和坚毅勇敢的志节感动了当时的人，使统治者为之坐立不安。看了戏使我们认识到中国的戏剧艺术有它高贵的、战斗的传统，同时也看到劳动勇敢的中国人民自古以来就是不畏强御敢于还手的。这个演出符合作者的要求，收了振奋人心的效果。

为了一个新的剧作运用新的演出手法也是有意义的。当然不是无原则的标新立异，而是要创造适当的形式把剧作的思想内容、风格、情调，更好地表现出来。近来各剧院在导演方面都不断有新的尝试，大都获得成功。《关汉卿》的演出，导演同志也有新的创造，看来前后统一，并没有什么风格不调和的地方。

为着力求剧中人和观众打成一片，让演员走出镜框，把戏搬到第一排观众的面前去做，有些上下场都从台口下，这样可以增加气氛的浓度和情感的强度，紧张的场面（如阿合马审问关汉卿），可以加强刺激性。中国旧式的舞台是可以从三面看的。法国巴黎有一家剧场叫老科伦比亚，它的舞台后部是排成半圆形的。固定的十二根（？）柱子，舞台分三层，一层比一层低约半尺，作椭圆形伸到观众当中，观众可以从三面看。北京人艺这次在乐池上铺上木板，演员最前只到乐池上面，观众还是从一面看。中国旧式的舞台虽说可以从三面看，但谁也不愿从两旁看演员的侧面；老科伦比亚的舞台虽则代表着一个演出流派某些特点，演员如果走向台的最前端，两旁的观众就甚至只能看见背影；我怀疑舞台伸进观众席，从三面看就能和观众打成一片的说法，要和观众打成一片主要在情感的共鸣。最前到乐池上也够了。重要的戏在比较接近观众的地方做是必要的。更走向前一些就等于特写。例如关汉卿朱帘秀在监牢会面一场，两人并肩向台口一走，后面的光压暗，一个射灯对正他们，光圈收小，这正如电影的推镜头特写是会使人物突出，起加强的作用的（彩排那天光度似乎稍强了一点）。阿合马看戏把观众席当戏台，把台上当观众席，很有意思。因此关汉卿和朱帘秀他们从台下上场也是合理的。阿合马正面坐在镜框之内，关汉卿站在下边就必定在镜框之外，这样双方都突出。这颇像中国传统的舞台调度，很有特写的作用。我想，如果利用台口最前一条线是为了加强，那就不宜用得过多；每次还得有变化。这回导演用台口是每次有变化的，但似乎用得还稍多一点。

真马上台在京戏舞台早已有过，但在话剧舞台上却还是创举，而且性质完全不同。以前如上海九亩地新舞台用真马和马车上台，只为了卖弄热闹场面作为噱头吸引观众，这次是作为戏的有机部分来处理的：远远听到号声，场上的人立时紧张起来。四个兵骑着马举着枪开道，差人们用皮鞭赶开路人，一辆破驴车，上面一个五花大绑的女囚被押赴刑场。她的婆婆追上去举行生祭，情景是阴森的。真马在这样的场面里可以为戏壮声势，更多的引起注意是不错的。如果问：不用真马是否也能取得同样的效果？这当然不是说没有其它办法的。这场戏的主要目的是介绍关汉卿，突出小兰的冤死，为关汉卿写的《窦娥冤》张本，顺带就反映了当时在野蛮统治下人民的苦痛。导演用生祭死囚的手法，我想并不只为制造悲惨的气氛刺激观众，而是以简明而具体的形象引起愤慨，为把同情集中到关汉卿身上的根据。

这个戏听说排了二十多天，在排演场里的时间只有九十几个小时，排这样一个大戏这样是很快的，做到了又快又好。好到什么程度呢？单看彩排暂时还难予估计。据我在彩排那天所看，戏已经演得相当整齐，看不出有错乱的地方。台词和地位都很熟，交流也正常，不像个赶排出来的戏。这一班导演、演员和舞台工作者大都是有丰富的舞台经验的，即使是赶出来的戏基本有把握不会抖漏子。但是排九十几个小时就上舞台，他们花了多少劳力，受了多少辛苦，是不是有倒在枕头上睡不着的情形，不是过来人是无从知道的。

任何一个新戏第一天上台总难得圆满无缺。尽管排练纯熟了，演员一接触观众就会有发展。所以一个戏从上演的头一天起，在一星期或十天之内导演最好能每天看戏。作为一面镜子，导演在这个时期有责任；演员在这个时期也特别需要帮助。我看《关汉卿》第一天彩排，感觉有的场面已经很好，有的场面戏还没有完全出来；有的部分演员进入了角色，有的部分就显得还差一些。正式上演以后有人告诉我他们越演越好，时间缩短了，精练了，戏都出来了，也就更能感动人了。我相信多看一次会多一次的满足。

艺术性与思想性相结合要像盐在水里，看不见，喝着有味。有一句旧诗："水中盐味识诗禅。"我觉得有些道理。我曾经见过有人演一个共产党员，他说话、走路、一举一动都不敢有丝毫随便，甚至连笑都不敢笑。这样一来，似乎满身政治，反而一点什么都没有表现出来，而且歪曲一个党员的形象。这当然是个别的，但的确有过的。演员每逢演到正面人物似乎总容易紧张一点。思想性要从表演艺术里自然流露才好。其次，日常生活的真实与艺术的真实两者不同，但艺术的真实是建立在日常生活真实的基础上的。关汉卿和朱帘秀，一个是普通的编杂剧的，一个是普通的歌妓。他们在艺术上一向合作得很好，性情也相投，他们经常来往，虽没有恋爱的表示，彼此互相倾慕却随时有所透漏，这并不妨碍他们的正义斗争，我看在戏里似乎极力在避免这一点。他们之所以可贵就是一个普通的老百姓敢于代表被压迫者说话，对压迫者狠狠地还手。我在戏里看到关汉卿和朱帘秀见面，似乎不大像许久同班的弟兄姐妹，却有点像有组织的革命同志，两位的高级知识分子气味都似乎多一点。讲起话来有点像有准备的宣传对白。也可能我看错了，我想不妨当问题提出来，提错了经过反批评也是一个学习。听说第一天正式公演就有所修改，我还没看，所以只能谈彩排时的印象。

这个戏有些难导难演的场子弄得很好。例如：关汉卿写剧本那场，搞得不好就很容易闷，可是观众从头到尾聚精会神，直到闭幕才嘘一口气，说："好！"这颇不易。

总的说，整个演出紧张热烈，绚烂多彩（有人说略觉花哨一点），颇能振奋人心。彩排的时候大约由于还不十分熟练，生活气息还觉得不够——当台词还没完全成为演员自己心里的话，角色的性格感情也还没完全融化存心里的时候，生活气息也会减弱的。当然也可能有别的原因。田汉同志这个剧本特别富于诗意，导演和演员看得出都注意到这一点，演出有了诗意，但还不够浓郁，还没有散发出诗的芬芳。

有一个小问题想提一提，人与人相见的礼节似乎还要加以研究，礼节不完全是虚伪，人与人的关系，阶级的关系从相见的礼节可以看出来。同样一揖手，或者叩一个头，都可以表出尊卑长幼亲疏之别，其中还分得出真感激和假殷勤、傲慢与自卑。我们演历史戏对礼节似乎都很马虎。

这次的舞台设计朴素雅洁，要的东西一样不少，不要的一件不多，这很好。色调也很调和，服装设计也好，老老实实，是人穿的衣裳，颜色也调和，很难得。近年我国的舞台美术设计一般都大有进步，设计、绘景、结构、色调、制作、照明都不断有新的创造，总的可以说完全够世界水平，可以无愧。

转台不完全为换景便利，它有种种的用法。送别关汉卿一场用转台是好的。但我想提一个问题：关汉卿和朱帘秀下场越走离观众越近好呢，还是越走离观众越远好？如果认为越走越远比较好那就要换一道转法，可以不必费事；如果照现在这样从台口下，我感觉他们背向观众，离观众太近一点，一支射灯打在他们背上，整个舞台面的构图不能不受点儿影响。桥的栏杆颜色也似乎太白一点。还有就是结尾的地方，作者要求关朱二人唱着歌在芦沟桥上并辔齐行，可是在这里不便用真马，他们只好步行而去。既是如此，是否可以考虑第一场也免了真马呢？

我单凭粗略的记忆谈这些零碎的感想，错误一定很多，如果要比较全面比较具体谈些研究的心得的话，非再细心读剧本并细心看两次戏不可。我心里真是想那样做的。

怎样完成我们的戏剧运动？

革命事业何以要成功？因为始终成一个运动。复辟党和军阀何以要失败？因为他们始终不成一个运动。何以不能成一个运动？因为他们的立脚点、他们的途径完全是错误的。

任凭有百万雄兵，倾国之富，只要立脚点错误，马上根本动摇。这是不用说的。但是愚蠢之夫，往往至死不悟！

凡属要成一个运动，务必要有一个理想——就是最后的目的，有了理想，就根据着望最后的目的前进。不要怕孤寂，只要主意拿得定，当然同伴就来了。只要信仰坚固，就可以坚人家的信仰。努力不断，就是信仰坚固的表示。所以没有理想，就不能定最后的目的；没有最后的目的，就不能有不断的努力；没有不断的努力，就寻不着所以达其目的的实现其理想的途径；寻不着途径，必定是彷徨歧途、不知所之。如此便无从坚自己的信仰；自己的信仰不坚，必然遇难易阻，易趋于颓废，于是不能引起人家的同情；不能引起人家的同情，又何能坚人家的信仰？不能坚人家的信仰，从那里去成一个运动？所以，中国虽有不少唱着改革戏剧的人，易其种种失败，种种堕落，二十年来毫无明显的进步，都因为理想太近，信仰不坚，用力太分，旅进旅退，不能成一个运动之所致。

戏剧运动，就是戏剧革新运动；也就是艺术界的革命运动。中国素来对于戏剧，视为贱业，完全听其自生自灭。我们认戏剧是艺术，有无上的权能，所以才有这个革新运动。

　　第一最不令人满意的，就是中国的剧本。旧剧本应当束之高阁，坏的当然已经等于消灭，好的也只好供专家当古董来鉴赏。至于目下各舞台流行济公封神一类剧本，都是些朝菌蟪蛄之类，不成问题。最要努力的是创作，所以希望国内文人多加注意。不过创作不是随便能够成器的，也很要翻几个觔斗才能有篇把可用。寝馈之功务不能少。不假思索提起笔来就写，是不相宜的。介绍欧洲的戏剧，尤不可缓。

　　有了好剧本，要有适宜的舞台才能演，所以非改革舞台不可。小剧场是专为艺术的研究和试验用的；大剧场就为陈列比较多数的人看；平民剧场是供给大多数的民众欣赏艺术的会堂。在戏剧运动的进程中，当然从小剧场入手，但是大剧场、平民剧场一样不能少——为社会、为民众应当有的。这三种剧场，里面的戏，目的不同，演法也自不同，剧本的组织也两样。这点最要注意，决不能因为小剧场的好戏，拿到大剧场去演不成功，就说戏剧本来只是在小剧场演才对，或者说小剧场的戏剧是不完全。

　　有了适宜的剧本和舞台，还要有适当的演员去演：中国的戏从来不注重性格的描写，除却唱和姿式而外，不过敷衍一段平直的故事。（目下是连唱和姿式，都随便放过，只剩了敷衍莫名其妙的情节这一点。）所以演员不必有什么知识，像目下那些油滑的演员，只能演那种不成片段的。比较进步的戏，他们决不肯演；也决不宜随随便便无条件让他们演的。

其次还有舞台装置。这件事是中国从来没有的。要平地起楼台，替新剧新演员好好的预备，目下在中国还没有这种专家。光、色、线条，建筑的应用，是要就一个一个戏、精密讨论，仔细设计，然后不致大闹笑话。布景不如欧美，这是时间问题，但决不可与目下上海各剧场的布景去较短长——与那些布景较短长，就立刻要堕落了。

还有一个问题，就是音乐。自亚历山大帝国灭亡，西域的音乐传到中国以后，中国的音乐就渐渐起了变化。酝酿到唐朝，才集其大成，西成为世界无比的音乐。明后以种种原因，消失殆尽。从唐以后，既不曾有过音乐复兴运动，也就没有什么新的创作。元明的北曲盛行，明朝的南词时兴，清朝的西秦皮黄的起伏，对于音乐上都没有什么大的贡献。所以现在舞台上音乐之贫弱，不能表情，不适用，成了一个无可如何的局面。

至于说怎样的音乐才合于现代及将来舞台之用，颇不容易作简明的回答。抽象地说：我们当然希望有能充分表现时代精神和剧中情感的音乐。不过，这种音乐是什么样儿的？目下音乐的缺点是否可以没有办法补救？新的创造究竟应当走哪一条路，取哪一种方法？西洋音乐应当怎么样去介绍？怎么样才能消化容纳？乐器台当怎么改良？旧时的音乐怎样去整理？民间音乐地方音乐怎么去搜集，怎样才能融会贯通？许许多多的问题，希望国内的专家，平心忍耐加以彻底的讨论。然后我们综合研究的结果，作种种的实现，然后中国新音乐的基础才能确立而趋于巩固，我们但有一愿之得，就可以充分贡献，决不是一个人自私的事业。

这样看来，戏剧运动之完成，是要相当的时间。头一步哪怕不甚完全，总要在最短期间立一小小的基础，开一个和从前不同的局面。

总括一句，我们希望完成真正的综合艺术，要各种舞台艺术家在舞台集中其力于一点，确定戏剧的独立与尊严。

我们的戏剧运动，在步骤方法上讲，是研究的，创造的；在精神上，是"平民的"，"整个的"，"中国的"，"世界的"。放大着步，扩大起研究的范围，潜心竭力，接着一个一个问题来解决，是目下的急务。褊窄的地域观念，腐朽的因袭思想，是我们的大仇敌，非根本先加以铲除不可！

（原载1929年4月8日广州《民国日报》《戏剧研究》第8期）

开场白

我们第二期的杂志，经过好些个困难，总算出版了。有人说：这个杂志太专门了，恐怕一般人不见得爱读。可是我们所希望的，就是一个比较专门的杂志。同人等深惭薄劣，当不起专门两个字，不过我们毕生的事业，都在戏剧上面，除了戏剧，也不会去干别的。只要这个刊物能够多少引起人们对于戏剧一些兴趣，多少能够给爱好戏剧的人们一些帮助，第一步，我们就可告无罪了。这种态度，必定有人骂我们近于消极，不够力量，不革命。真的，凡属一般改革运动，第一就要态度能够坚决，主张能够彻底，旗帜要来得鲜明；谦逊是用不着的，客气是足以害事的。怪哉！竟有人说我们是唱高调不切于实际。这种恭维我们实在不敢当。对现在这种沉寂的戏剧，还唱什么高调？真只有因袭妥协、醉生梦死才配口味吗？亲爱的同志们呵！中国的戏剧在世界的立场上已经落伍了！关着门做皇帝已经不行了！快些起来追上去吧！我们所说的都是事实，不是理想；我们应当有更高的理想呵！

戏剧运动是中国全国的事，进一步说，是世界的事，当然不是广州或是上海、北平一隅的事。所以徒然说什么改良粤剧，改良北剧都是不够的。又说什么以北改南，以南改北，尤其不是那么回事。戏剧运动是要整个的打算，不是支支节节争些无谓的问题，可以了事的。这个无论在哪里，都是一样的事。倘若说某处的环境不同，习惯不同，宗旨就应当两样，那可就糟了。我相信这种浅薄无聊的见解，在革命的广东是不会有的。

　　戏剧运动是革命的事业，做戏剧运动是献身为社会、为人类的事业，不是沽名钓誉，怡情适性的玩意，也不是借此作招牌另求达其他目的。所以最紧要是努力不断，不希冀便宜的成功，不中途变节；便宜的成功，是最容易自堕志节的。还有一句最紧要的：戏剧运动是艺术事业。凡是艺术事业都是创造的，不是占有的；是贡献不是争夺，自然用不着纵横捭阖的手段去取荣誉；用多少力量耕耘，便有多少的收获。可是如今正是筚路褴褛、披荆斩棘的时候，亲爱的朋友们，磨快着镰刀、准备好农具来做这个园地的园丁吧！

　　　　　　　　　（原载1929年7月广东戏剧研究所《戏剧》第1卷第3期）

戏剧与宣传

戏剧的使命，不在宣传。但借戏剧以宣传，如欧洲中世纪之基督受难剧之宣传宗教，又如《Narhan der weises》之宣传思想，在戏剧史上，已有先例。近年利用戏剧来宣传主义的，当推苏俄为最盛。苏俄自十月革命以后，对于戏剧专家特别加以保护，一时戏剧家的工作，大半放在宣传方面。其次如大战的时候，德国、美国利用唱歌队、留声机、影片等，以为宣传，也是差不多同样的性质。

苏俄十月革命后的宣传，因为没有什么适当的材料，许多都是拿法国革命的戏来改编的。还有工人们露天演的戏，他们就借街头巷尾随处表演，也没有舞台，也没有特别的道具；就不过几个着蓝衣的人，拣一个适宜的建筑作为布景，或是银行前面，或是学校旁边，或是墙根，或是树下，随便拿个布篷围一围，就化妆演起来。还有如第四研究剧场的办法：就由许多工人在机器面前表演，看客都坐在机器前面看，有一出叫《煤气工厂》的，就是借着一间煤气工厂，由煤气工人演的。

还有唱歌队，编成许多简单好听面有激刺性的歌，用一群会唱的人，坐着汽车到广场或街中去唱，行路的人大家和声面歌；这种办法也是很有力量的。

俄国革命后的宣传戏，没有什么可以称道，因为宣传戏不

炉边独语 | 欧阳予倩散文精选 |

过是那么一个东西。一时的应用本不求其有艺术的价值。可是从十月革命成功不到五年，已经就有很好的新艺术品出现。如革命纪念塔的建筑，新诗歌、新小说源源出现。在影片方面，如《战舰蒲锡姆勤》实开世界影画界之新纪元。战舰到奥德色上岸的时候，那种伟大的光景，是非政府的力量作不到的；还有摄影上的技巧，如：石级上随着向下的移动拍摄法，和拍天拍海的新法子，都给影画界很多的影响，而且由这个影片更证明了电影是艺术。戏剧方面，好的创作一天一天的多，如《气馒头》《人》《地平线之彼方》种种，都是很新很有力量的作品。就是脱罗斯基，蒲列哈诺夫等的艺术论，也足以唤起很深的注意。总而言之，不管怎么样，他们能够由浅薄的宣传剧急进到艺术上的新建筑是真的。就是原来宫廷中所有的舞踊，也能用莱因哈特的方法加以改革，而成新艺术；邓肯的跳舞，虽极趋于单纯，归于自然，都经过很严密的艺术的组织。

俄国在十年之中，过着不安定的生活，能够在艺术有许多新发展，实在不是容易的事。一来俄国在帝政时代已经有莫斯科艺术剧院的基础，二来他们不以有宣传剧即为满足，而能努力于新艺术的创作，这种精神，是我们应当取法的。在革命进行中，宣传剧当然是有功效，我们当然应当努力；可是训政时期，新艺术的创造也当然不能缓。

即就宣传而言，也不是在戏台上喊口号就算宣传，也不是对观众背诵三民主义就是革命。我们应当知道，用戏剧来宣传，必要先有健全的戏剧。先拿戏剧的本质研究一下，再衡量一下，我们所演的是否合乎戏剧的条件？这是很紧要而且决不可少的工作。

我们用戏剧来宣传，决不是徒然来几句激烈的话来博一时的喝彩；是要让民众在我们所演的戏剧中，认识革命的精神，认识社会的情形，认识自己的地位。进一步说：是要世界上的人们在我们的艺术里，认识我们民族奋斗的精神。所谓革命的戏剧，是要编者演者都站在时代的前面，不是说每个人上台演说一段，叫几声打倒帝国主义，就算满足的。

归根结底，再重复声明一句，就是："要借戏剧做宣传工作，必定先有戏剧。"

（原载1929年7月广东戏剧研究所《戏剧》第1卷第2期）